I0557126

Mike Robbins es un periodista que ahora trabaja como agente de desarrollo. También es autor de *Even The Dead Are Coming* (2009), unas memorias de su viaje a Sudán; *Crops and Carbon* (2011), sobre agricultura y cambio climático; otros dos títulos de ficción, *The lost Baggage of Silvia Guzmán* (2014) y *Three Seasons* (2014); y *The Nine Horizons* (2014), una descripción de algunos de los países en los que ha trabajado y a los que ha viajado desde 1987. Actualmente reside en Nueva York.

¡Perro!

Mike Robbins

Traducción de
Sandra Fernández Campos

Título original: *Dog!*

© 2015, Mike Robbins
© 2015, Third Rail Books
© 2016, Sandra Fernández Campos, por la
traducción

ISBN: 978-0-9978815-2-3

**THIRD
RAIL**

Third Rail Books
thirdrailbooks@gmail.com

Traducción
Sandra Fernández Campos
sfercam12@gmail.com

Fotografía de portada: Amy Rene/Shutterstock
Diseño de huellas: Maximus256/Shutterstock

Quiero agradecer a Samuel Astbury, Rupert Dreyfus, Hazel Marsh y Harry Whitewolf por sus opinicnes sobre el manuscrito.

El reloj dio las once.

—Tómate otra —dijo el dueño del perro.

—Sí, ¿por qué no? —respondió su invitado, Richard, un vecino que vivía dos casas más allá.

El perro seguía tumbado en el mismo sitio en el que había estado casi toda la tarde, entre el círculo de sofás y sillones y la puerta del pasillo, debajo de la estantería de libros, la cual desprendía ese típico olorcillo a papel viejo. Estaba tumbado boca abajo, con las patas cruzadas y el hocico apoyado encima de estas. A ratos abría los ojos brevemente y miraba a su dueño y al invitado; pestañeaba, levantaba el hocico, bostezaba, y, acto seguido, bajaba la cabeza. «Cómo me gustaría que ese viejo idiota se deshiciera de él, así podría ir al jardín a cagar. Dios mío, necesito cagar y después dormir. A lo mejor debería rascar la puerta».

—Tiene buen aspecto, Bazza —dijo Richard.

—Sí, se le ve bien —respondió Bazza. Era alto y corpulento, aunque su imponente físico empezaba a envejecer. Su pelo cano, un poco escaso en la parte superior, estaba recogido en una coleta; y llevaba puesta una chaqueta vaquera azul algo desteñida.

Abrió una botella de Bombardier y la puso encima de la mesilla que había junto a Richard, un hombre más pequeño de unos treinta años; cuya sencilla vestimenta, vaqueros y camiseta, contrastaba con la cuidadosa manera en la que cruzaba las piernas y juntaba las manos.

—Se le ve bien —repitió Bazza—. Ya lleva unas cuantas semanas conmigo y no parece que esté mal. Está claro que ha sido adiestrado.

—¿El refugio sabía mucho sobre él?

—Poco, en realidad. Lo habían tenido durante un par de meses. Ya sabes que no hay mucha demanda de estos perros viejos.

—Entonces me alegro de que lo acogieras —dijo Richard.

«Por el amor de Dios, no alimentes el maldito ego de mi dueño. Ya es malo de por sí; sobre todo desde que se empezó a tirar a esa pelirroja de posgrado, la del tatuaje, se cree que vuelve a ser un treintañero, como ella».

—¿Y sabían por qué estaba en el refugio?

—Ha tenido por lo menos dos dueños antes que yo —dijo Bazza—. Se ve que no le gustan los niños.

«Bueno, que sepas que a ti tampoco te hubieran gustado esos niños. Unos cabrones. Uno de ellos solía tirarme de la cola y el otro me ofrecía galletas y luego me las quitaba en el último momento. No lo hacían cuando sus padres estaban presentes, por supuesto. En fin, todo lo que hice fue darle un buen mordisco en el culo a uno de esos mocosos, nada más. Estaba gritando porque no quería comerse las verduras, así que me acerqué sigilosamente a su silla y le mordí el culo por el hueco del respaldo, y se armó un escándalo tremendo, fue como una bomba en la calle; bueno, no tanto como eso, no es gracioso. las bombas no son graciosas. Bombas. No»

El perro aulló ligeramente.

—Habrá sido una pesadilla —dijo Bazza—. Al parecer los perros también las tienen, como nosotros.

El perro lo miró y se lamió el hocico, luego volvió a apoyarlo sobre las patas.

—¿De qué raza crees que es? —preguntó Richard.

—No sé. Creo que es una especie de rough collie. ¿Tienes que dar clases la próxima semana? En Filosofía estamos a punto de terminar.

—Todavía queda una semana en mi facultad. Estoy dando el módulo de Introducción a la política a los de primer curso.

—¿Son un buen grupo este año?

—En realidad no. Parece que no entienden la inevitabilidad del análisis marxista. Estoy tratando de demostrar que no hay otro método.

9

El perro gruñó.

—Me parece que quiere salir —dijo Bazza.

—En realidad debería estar tumbado frente al fuego —dijo Richard—. Eso es lo que suelen hacen los perros viejos.

—El fuego no está encendido —dijo Bazza—. Aunque podría acurrucarse frente a la chimenea. Es de estilo eduardiano, creo. La encontré en el patio de un albañil.

—Sí, parece auténtica —dijo Richard—. A lo mejor es igual de antigua que la casa.

«Papá tenía una chimenea y supongo que yo también me habría acurrucado delante, al igual que Prince. En realidad no puedo culparlo, papá nunca lo secaba después de haber estado bajo la lluvia, no me extraña que las articulaciones le dolieran, porque le dolían mucho. Mi hermana y yo estábamos muy tristes, pero papá dijo que tenía que hacerlo, así que cogió la escopeta del señor Cooper, la que cogía para matar cuervos en invierno, y lo llevó a la parte de atrás de la casa, al huerto, y oímos un ruido fuerte y un aullido, y le disparó otra vez para asegurarse de que estuviera muerto. Mi hermana lloraba sin parar, aunque no podía escuchar los disparos, claro, pero yo no lloré, porque los chicos no lloran, así que a mi hermana le dieron cuajada de limón y a mí no. Papá no nos quiso decir dónde lo había enterrado, dijo que era en un lugar bonito y tranquilo y que nos teníamos que acostumbrar a la muerte porque es parte de la vida, y luego dijo que creía que iba a haber mucho de eso en un par de años, teniendo en cuenta lo que había pasado la última vez. Es curioso, hacía tiempo que no pensaba en eso. Sí, había una chimenea y a veces papá traía leña que robaba del refugio de zorros que había encima de *Ten-Acre*, pero eso no le hacía gracia al señor Cooper. Y un día el hermano de mamá se pasó por nuestra casa con el camión y nos dijo que la anciana Berry había muerto y que podíamos quedarnos con su bolsa semanal hasta que alguien fuera a la carbonería y cancelara su pedido. Así que después de eso tuvimos carbón y, por las tardes, mamá se levantaba de vez en cuando para mover las brasas con el atizador y mi hermana y yo usábamos el tenedor para chimenea».

—¿Y tú? —preguntó Richard.

—Ya he terminado por este semestre —le dijo Bazza.

«¿Y qué es un semestre? Lo que nosotros teníamos era años académicos».

—El monje ese va a venir a visitarte, ¿no? —dijo Richard—. ¿Qué demonios vas a hacer con un monje en casa? ¿Levantarte temprano y rezar con él?

—Oh por favor, no —respondió Bazza—. No es ese tipo de monje. Se llama Tshering y vive en un monasterio en algún lugar del Garhwal himalayo.

11

Viene para dirigir escuelas de verano en el campus.

—¿Sobre qué? —preguntó Richard—. ¿Sobre cómo hacer té con manteca de yak?

—No, no —replicó Bazza—. Bueno, creo que no. Me parece que se va a impartir cursos de atención plena.

—Qué bien —dijo Richard—. Es genial que muchos de nosotros hayamos progresado y hayamos aprendido a abrirnos.

—Lo sé —dijo Bazza—. Estoy muy orgulloso de ser parte de todo esto.

«Cretinos pretenciosos. Espero que ese tal Tshering resulte ser un alcohólico al que le vayan las pelirrojas. A lo mejor la ilumina».

—Es bueno ser parte del progreso —dijo Richard—, y de deshacerse de esos estúpidos ingleses reservados que había cuando éramos jóvenes.

«Hombrecillo condescendiente. Cómo demonios sabes quiénes fuimos o cómo pensábamos o qué sentíamos».

—El perro te está mirando —dijo Bazza.

—¿Por qué lo hace? —dijo Richard. Se inclinó hacia el perro y se puso a chasquear la lengua de forma alentadora—. ¿Sabes una cosa? A veces pienso que los perros entienden todo lo que decimos.

Bazza se rió.

—A lo mejor es un alma vieja —dijo—. Después

de todo, no sabemos lo que los perros son en realidad, ¿verdad? A lo mejor son seres que están en camino a la iluminación.

—¡Ja! Tal vez sea eso.

«En serio, de verdad que quiero ir al jardín a cagar. Debería simplemente rascar la puerta y gemir, pero eso sería caer tan bajo... Ya sé qué hacer, esto nunca falla».

El perro se estiró, bostezó, y se acercó a la vacía chimenea pulida de estilo eduardiano. Se tumbó de lado, agachó la cabeza y se empezó a lamer los testículos.

—Y digo yo... —comenzó a decir Richard.

«Oh sí, ¡qué sensación!. Aunque será mejor que espere a ir a la cama para hacerlo bien. No es algo que quieras malgastar, como hace ese estúpido jack russell que la mujer del profesor Courtney pasea por el lago. No sé cómo es capaz de disfrutarlo. O con qué está fantaseando. No, en serio, ¿qué tipo de fantasías sexuales tienes si eres un jack russell? Quiero decir, no es que puedas ir montando perros lobo irlandeses, ¿no? Pues eso, los jack russell no tienen nada de clase».

—¿Estás seguro de que es un alma vieja? —preguntó Richard de forma algo nerviosa.

—No —respondió Bazza—. Maldito perro— añadió.

«No vas desencaminado, Bazza».

—Bueno, creo que va siendo hora de irme —

dijo Richard—. Gracias por la copa, Bazza. Y no te preocupes por Ellen, estoy seguro de que al final llegaréis a un acuerdo sin ir a juicio.

—Eso espero —dijo Bazza.

Se levantaron y fueron a la puerta. El perro la escuchó cerrarse y también escuchó cómo crujían los pasos de Richard contra la gravilla. Bazza volvió a entrar.

—Menuda clase tienes a veces, chucho sarnoso —dijo.

«Habla por ti, viejo hippie salido. Y soy inglés, así que soy un cruce, no un chucho».

—Supongo que será mejor que te deje salir para que puedas cagar —dijo Bazza—. Te llevaría a dar un paseo, pero estoy hecho polvo. Vamos.

Condujo al perro por la cocina y abrió la puerta del jardín trasero.

—Bien, sal para cagar —dijo con delicadeza.

«Sal *a* cagar. Dilo bien».

Observó al perro trotar hacia el jardín, su cola balanceándose de un lado a otro. El perro dio un par de vueltas en el camino de luz que salía por la ventana de la cocina y después se deslizó hacia las sombras. Bazza se encogió de hombros. No era una noche fría. «Siempre y cuando me acuerde de dejarle entrar más tarde —pensó—. Pero bueno, se pondrá a ladrar en la puerta. Es curioso, no se queja para que le dejen entrar, como hacen la mayoría de los perros. Siempre ladra una sola

14

vez». Se sirvió una copa, subió las escaleras, se lavó, se puso el albornoz y se sentó en la cama. Mientras lo hacía, vio que sobre la almohada había un pelo largo y rojo. Sonrió. lo recogió con pulgar y el índice y lo dejó caer en el suelo. Luego alcanzó la tableta que había encima de la mesilla de noche y abrió su correo electrónico. Había un mensaje de su hermana. Frunció el ceño mientras lo leía. «Vamos a ir el 3 —había escrito—. Clarissa tiene una cita con el logopeda en el hospital. Le va bastante bien, pero nos gustaría que las cosas fuesen mejor. Bueno, ¿quieres que vayamos a verte? Podríamos tomar un té. ¿Cómo van las cosas con Ellen?».

Le dio a responder.

«El 3 va perfecto. Las cosas con Ellen, no».

Se recostó sobre la almohada y tecleó una dirección de internet en el navegador con sus dedos índice y corazón. La página cargó. Se puso a pensar un momento e hizo clic en el link de «adolescente desi peluda», pero era un poco gordita, por lo que volvió a la página anterior y tecleó «mqmf peluda». Eso dio mejores resultados. Se estiró para coger la copa de amaro que se había servido en la cocina.

Mientras tanto, fuera, el perro se escabulló hasta la parte de atrás del jardín y, una vez de pie en la sombra del preciado arbusto de rododendro de Bazza, se giró para ver si habían apagado la luz de la cocina. Ya estaba apagada, así que levantó la pata sobre la raíz del arbusto. «Dios mío, qué sensación», pensó. Satisfecho de momento, bajó la pata. «Hora de cagar». Se estiró con ganas y se fue detrás del arbusto, que daba con la pared que hacía de separación entre el jardín y la casa de los vecinos. Ahí, la valla de madera situada a la derecha se había deteriorado por las tormentas de otoño, y habían sustituido ese tramo con tablones que quedaban a un par de centímetros del suelo. El perro palpó con sus patas la tierra de debajo de los tablones hasta que encontró el lugar de sus excavaciones anteriores, luego agachó la cabeza cerca del suelo y pasó arrastrándose lentamente, con las patas traseras estiradas hacia atrás. «Sin pausa pero sin prisa —se dijo a sí mismo—. Cuidado, no te claves astillas en el lomo». Salió al jardín del vecino, que le gustaba porque estaba descuidado y poblado de arbustos, y el césped estaba alto y lleno de pequeños animales peludos que a veces pasaban frente a él, lo que hacía que se abalanzara tras ellos antes de acordarse de que no tenía nada en su contra. Las luces de la planta baja estaban apagadas, pero en el piso de arriba había una luz tenue detrás de las cortinas. El perro no estaba preocupado, pero se movió con lentitud por el césped alto.

Ese olor.

Las orejas del perro se levantaron y se dejó caer

boca abajo. A unos pocos metros de distancia, el césped se agitaba con la brisa. En la parte trasera de la casa, una sombra salió de la oscuridad que rodeaba los cubos de basura y corrió por la parte donde el césped estaba segado, justo detrás de la puerta trasera. Entonces percibio al perro y se detuvo, con una de las patas delanteras levantadas y las orejas erguidas, y olfateó el aire. El perro gruñó bajito y la zorra giró la cabeza hacia él, después se volvió y se escabulló por el callejón lateral, indiferente.

La ventana de la habitación se abrió y un rayo de luz atravesó el jardín. El perro se agachó aún más en el césped.

—Un zorro, creo... ¿Qué? No, se ha ido. Sí, los pollos de Katie, me acuerdo. Un desastre terrible.

La ventana se cerró y la brecha de la luz retrocedió, dejando el césped a oscuras.

«Sí, también mataron a los nuestros. Yo me había ido para entonces. Quería trabajar en la granja pero Cooper no me quería ahí, "no quiero a ese muchacho, su padre ya es bastante malo; toda la familia es mala, en mi opinión". Luego despidió a papá. "Bueno, por lo menos tuvimos huevos", dijo mamá; entonces, un puto zorro mató a los pollos. Me acababa de poner el uniforme y me hacían marchar todo el día y el cabrón del sargento Fitch se estaba metiendo conmigo, y recibí una carta; papá había perdido su trabajo y también

17

habían perdido a los pollos. Soy un perro viejo, pero tengo mis garras y también unos kilos de más, no voy a ir a por una zorra, no vaya ser que tenga crías, pero si encuentro un zorro en el jardín, hago pedazos al cabrón».

El perro avanzó lentamente a través del césped alto. En el otro extremo del jardín había una valla de madera de altura media. Esta vez la valla se extendía hasta la pared del fondo, pero el césped alto escondía las consecuencias de lo descuidada que estaba. Había un pequeño agujero en la parte inferior de la valla; era un acceso fácil para un zorro y lo bastante grande para un perro emprendedor. Cerró los ojos y pasó arrastrándose por debajo, poniendo una de las patas delanteras al frente y tirando de la otra a través del agujero, presionando su pata con fuerza contra el abdomen. Las patas traseras y la cola le siguieron. Miró a la derecha, hacia la parte trasera de la casa de Richard. Debía tener cuidado por ahí, ya que el jardín tenía poco crecimiento natural. Había una terraza de madera detrás de la casa y al lado había un patio que tenía un suelo hecho de baldosas de piedra con formas irregulares que se extendía por casi todo el jardín. «Dios, odio su jardín casi tanto como lo odio a él. Los vaqueros con arrugas planchadas y el jardín sin césped, solo un bonito suelo de baldosas». La luz de la cocina estaba encendida. El perro podía ver a Richard llenando una botella de agua para llevarla al piso de arriba. La luz se apagó entonces. «Irá al baño antes de meterse en la cama». Y eso hizo. La luz salía por la ventana esmerilada; Richard no vería nada a través de ella. «Ahora». El perro se deslizó hacia el suelo de baldosas, mirando de izquierda a derecha para asegurarse de que estaba justo en el centro; luego se agachó y cagó. «Ay madre, qué gustazo. ¡Ah!, esta es una grande. Un zurullo de perro enorme y humeante justo en medio del "jardín" del remilgado de Richard. Aplica el análisis marxista a *eso*, imbécil». Esperó hasta que estuvo seguro de que había defecado hasta el último zurullo y bajó la cola, y se fue corriendo hacia el agujero de la valla trasera. Una vez que llegó al descuidado jardín de al lado, se sentó por un momento y empezó a jadear con la lengua fuera.

Se dio cuenta de que había otro olor, uno diferente al del zorro, y también de que le estaban observando. Una figura se desprendió de lo alto de la pared que había en el otro extremo del jardín y cayó de pie un par de metros más allá; después, fue hacia él. El perro se levantó y se enfrentó a la criatura y emitió un gruñido de advertencia. «No me gustan esas cosas. Te arañan. Pueden herirte». La criatura miró hacia atrás. Era un viejo gato blanco y gris, grande y musculoso, y parecía dispuesto a dar lo mejor de sí mismo.

Dos casas más allá, alguien abrió la ventana de

una habitación y la luz atravesó el jardín, aunque por poco tiempo, solo un par de segundos, pero bastó para iluminar los ojos del perro. El gato los miró. Arqueó el lomo, levantó la cola, se le erizó el pelo y siseó, después volvió a mirar a los ojos del perro, retrocedió lentamente y maulló. Maulló tan alto que rompió la calma de la noche. Fue un sonido tan lleno de miedo, de terror y de odio que las personas de las casas vecinas seguramente se pusieron tensas y pegaron un bote en la cama, muertos de miedo. «Oh Dios, lo sabe —pensó el perro—. Sabe lo que soy. Ese es el tipo de terror que siente una criatura que ha mirado al diablo directamente a los ojos». Se tumbó sobre el abdomen, con el hocico en el suelo, el cuerpo cubierto por el césped alto, de forma que no le podían ver a medida que las ventanas de alrededor se empezaban a abrir una a una. En cuanto al gato, huyó tan pronto pudo volver en sí, trepando por la pared hacia el jardín que había detrás. El perro se quedó ahí, tenía que hacerlo por un rato, hasta que la alarma pasara y las ventanas se cerraran, y así podría escabullirse al jardín de Bazza sin ser visto. Aunque, de hecho, no estaba pensando en eso, sino que estaba tumbado boca abajo en el césped alto, lleno de vergüenza y de odio a sí mismo.

Después, se levantó, se sacudió y se fue dando saltos por el césped hacia la valla y enterró el hocico y las patas delanteras en el hueco que había debajo y, de nuevo, pasó arrastrándose hacia su propio territorio.

«Soy lo que soy y punto».

Bazza suspiró y puso la tableta a un lado. Había encontrado algo adecuado: una mujer treintañera, rubia, algo pálida, con pechos de gran tamaño y bastante caídos, y unos grandes pezones, rojos y en punta que destacaban en la palidez de su piel. Estaba llegando al clímax, pero el chillido de terror del gato le hizo perder la concentración en el peor momento, con resultados poco satisfactorios. Cogió un pañuelo de papel de la caja que había al lado de su cama y se limpió, se puso el albornoz y tiró el pañuelo al retrete antes de bajar por las escaleras de forma apurada. «Si algún maldito gato ha arañado a mi perro, lo hago pedazos y me lo como», se dijo a sí mismo, sin pensar mucho en cómo se las arreglaría para atrapar al gato en cuestión. Corrió el viejo visillo de la puerta trasera justo a tiempo para ver al perro cruzando el césped lentamente, iluminado por la luz que provenía de la cocina; al parecer despreocupado. El perro se detuvo, agachó la cabeza y tensó los músculos de los hombros, luego estiró las patas traseras una después de la otra y bostezó. Bazza abrió la puerta.

—¿Qué mierda ha sido eso? —preguntó—. Sonaba como un maldito demonio agonizando.

«O como algo que ha visto uno», pensó el perro. Meneó la cola sin ganas, se dirigió hacia su bol de agua, bebió un poco y se acurrucó en la cama de marco metálico, que estaba cerca del radiador.

—Buen perro —dijo Bazza.

«Oh, vete a la mierda», pensó el perro. Apoyó el hocico sobre las patas, metió la cola bajo el abdomen y cerró los ojos. Bazza se sirvió otro amaro y volvió arriba.

*

Al día siguiente, Bazza y la pelirroja llevaron al perro a dar un paseo por el parque contiguo a la universidad. El campus estaba situado en los límites de la ciudad y el parque lo rodeaba por tres lados. Había un lago y bosques. Era entre primavera y verano y la tarde estaba soleada. Bazza y la pelirroja caminaban juntos por delante mientras el perro olfateaba el césped y alrededor de los troncos de los árboles. Bazza lo llamaba de vez en cuando, «Aquí, chico», y el perro lo ignoraba, por lo menos al principio; después levantaba la vista y veía que Bazza y la pelirroja se habían adelantado bastante, entonces daba saltos por el camino hasta que los alcanzaba, aunque no iba muy rápido; ya no era joven. El sol bajo iluminaba a la pareja; los mechones sueltos del pelo cano de Bazza parecían eléctricos, el pelo rojo de Caz brillaba y el sol atravesaba la tela de su blusa transparente, por lo que se podía advertir su estrecha cintura. Por detrás, sus caderas se balanceaban y por delante se podía ver perfectamente la sombra oscura de sus pezones a través de la fina tela. «Es curioso, a veces creo que esta chica me excita, pero no es así. Entonces ¿por qué me siento de esa forma? Hace que me estremezca un poco, aunque no como cuando Beryl de Milhamthorpe y yo teníamos trece años y me dejó tocarle por debajo del vestido y sentí sus pequeños pechos ponerse firmes bajo mis dedos, y después me dejó meterle mano entre las piernas y se puso húmeda y no me pude controlar y mamá vio mis pantalones y dijo que era un niño repugnante, y después de eso aprendí a salir al campo y hacerlo ahí. ¿A dónde vamos? Ah, ya veo, Bazza va hacia el muelle». Salieron del bosque frío hacia el sol y llegaron a la orilla del lago. A lo largo de este había pequeñas plataformas de madera que sobresalían del agua para que la gente pescara o simplemente disfrutara del sol. Bazza y Caz se sentaron uno frente al otro con las piernas cruzadas y los ojos cerrados. «Ya estamos... No me querrán aquí durante un rato». El perro fue al césped que había en la orilla y se tumbó de lado, con las patas estiradas, y se puso a disfrutar el ligero calor del sol de media tarde. Durmió un poco, pero la voz de Bazza le despertó.

—En cierto modo creo en esas cosas —estaba

diciendo.

—¿Qué? ¿En serio? ¿Quieres decir que no matarías a una mosca por si fuera la reencarnación de tu abuela? —La voz de Caz era baja y suave. Al perro le pareció seductora.

—No sé mucho sobre ese tema —dijo Bazza—. Supongo que le tendré que preguntar a Tshering. Creía que era algo como que tu alma volvía a la olla, parte de la fuerza vital.

—Bueno, si es así, entonces no puedes alcanzar el nirvana, ¿no? —dijo Caz. Sacó un cigarrillo y comenzó a desenvolverlo con cuidado, luego hurgó en su bolso y extrajo una lata circular que alguna vez había contenido caramelos—. Quiero decir, te mezclarías con el resto como una gota de agua en una bañera y no tendrías una identidad que *pudiera* alcanzar el nirvana, ¿no es así?

—Sí —dijo Bazza—. No. Sí. No sé. A lo mejor Tshering nos lo puede explicar todo.

«Papá nos solía llevar a la iglesia cuando éramos pequeños y cuando Cooper lo despidió íbamos cada vez menos, y después a mamá le salió ese tumor y él intentaba cuidar de mi hermana y todo se jodió y un día pregunté, "papá, ¿vamos a ir a la iglesia?", y me dijo, "Dios, qué puto Dios. Dios no existe, en mi opinión"».

—La gente siempre ha creído en la reencarnación —dijo Caz—. Y todavía siguen creyendo, como los alauitas y los drusos y otras personas, ¿no?

—¿Sí? —preguntó Bazza—. No sabría decirte… De todas formas, ¿cómo podrían saberlo? Un tipo se te acerca y te dice, «sí, viví por aquí hace un par de vidas, y te diré algo, las casas eran más baratas».

Caz soltó una risita y volvió a liar el cigarrillo con cuidado. Bazza le miraba las manos mientras lo hacía. Sus dedos eran largos y tenía las uñas pintadas de color verde brillante. Caz encendió el cigarrillo, le dio unas cuantas caladas y se lo pasó a Bazza.

—La gente habla de regresiones a vidas pasadas, ¿no? —dijo ella—. Bajo hipnosis.

—Cuando era adolescente, había un tipo que hacía eso en televisión —dijo Bazza—. Creo que se llamaba Bloxham. Hizo una regresión a un tipo galés y este recordó que había estado en la flota de Nelson o algo así. Y otra persona aseguró que la habían matado en un pogromo.

—No sabía que en Inglaterra había pogromos —dijo Caz.

—Pues sí. Y bueno, ese tipo solía hipnotizar a las personas y también grababa todo con un viejo magnetófono y después les hacía escuchar la grabación.

—Interesante —dijo Caz frunciendo el ceño—. Quiero decir, supongamos que todo el mundo vuelve, ¿sí?, y no lo sabemos. Pero la población aumenta año tras año, así que, ¿de dónde sacan las nuevas almas? O sea, podrías compartir personas entre diferentes cuerpos, pero se debilitarían o algo así, ¿no? ¿Y qué pasa si un día estás caminando por la calle y te encuentras contigo mismo en otro cuerpo? —Dio una calada profunda.

—Me pregunto qué es lo que haría a la gente volver o no —dijo Bazza—. Quiero decir, supón que eres un campesino de la India rural, vives una vida buena y ayudas a otras personas a cavar pozos y todo eso, y después te mueres de hambre todavía siendo joven y luego regresas como un brahmán o algo por el estilo.

—Sí, eso estaría bien, ¿no? —dijo Caz y sonrió—. Y si llevo una mala vida, digamos que soy un cura y voy por ahí manoseando a niños pequeños, o que mato a alguien, entonces volvería como una cucaracha o una agente inmobiliaria o algo parecido.

—Sí —dijo Bazza y miró al perro—. A lo mejor él hizo algo horrible en una vida pasada y ahora ha vuelto como un chucho.

El perro aulló. No pudo evitarlo, pero reprimió el aullido, por lo que salió a medias y lo ahogó en una especie de gañido, de esos que a veces se les escapa a los perros cuando están soñando. Se sentó sobre sus patas traseras y los miró.

—Bueno, ahí lo tienes —dijo Caz. Se acercó al perro y le dio palmaditas en la cabeza—. Así que es eso, ¿eh? A lo mejor organizaste pogromos en York o alguna cosa de esas.

El perro cedió a las palmaditas y a las caricias. Se estremeció. «No pienses en cosas malas. Como en el párroco que manoseaba a los chicos en los ensayos del coro. En realidad no sabía de qué iba todo eso. Si se lo hubiera dicho a papá, se habría paseado por ahí con una escopeta. El párroco tenía por esposa a una mujer horrible y estricta, con bigote y voz estruendosa. Olvídalo. Olvídate de todo eso y te sentirás mejor. Mírale los pechos, eso funcionará». El humo del perro le hizo estornudar. Tenía un olor dulce. Se sentó frente a Caz mientras ella le acariciaba y miró fijamente los pechos puntiagudos que se erguían a ambos lados del canalillo, que se hacía más profundo por la correa de cuero de su bolso, resaltando su firmeza. Las manchas oscuras de los pezones se podían ver perfectamente. «Aunque en realidad no está siendo de mucha ayuda. Estas cosas ya no me afectan como antes».

A unos noventa metros de ahí, se acercaba a ellos una señora de mediana edad vestida con una blusa y una falda, con un pequeño labrador dando saltitos a su alrededor y meneando la cola. «Animal estúpido», pensó el perro. El labrador corrió haciendo un círculo y dio un ladrido alegre, luego se detuvo frente a la mujer y meneó la cola. La mujer tenía una cara delgada con una expresión dura, llevaba gafas redondas y el pelo atado en una coleta. «Ella, ven aquí», dijo, llamando a la perra, y sacó una pelota de su bolso y la tiró en dirección al campus. La perra fue tras ella. «Animal tonto. Aunque no está nada mal. Tiene un pelaje bonito y brillante. Y es una perra». La mujer miró a Bazza y a Caz, quienes se estaban pasando el porro abiertamente, y su cara se arrugó en una expresión desaprobadora. El perro no estaba seguro de si la pareja no se había dado cuenta o simplemente no les había importado. Miró a la labradora. Se levantó, se estiró y fue trotando hacia ella. La perra se acercó a él agitando la cola, con la pelota todavía en la boca, y empezó a olerle el trasero. Eso le gustó al perro y también le olió el suyo. Esta se separó de él y apartó su cola hacia un lado. «Oh no. Ni siquiera pienses en eso. Vete a casa a lamerte los testículos y no te metas en problemas». La labradora giró la cabeza hacia él; seguía teniendo la pelota en la boca. «Oh Dios, igual que Beryl de Milhamthorpe, todavía tenía la varilla en la boca mientras le metía mano en el cobertizo para bicicletas del colegio, y, oh Dios, no me puedo contener, no puedo parar», se puso sobre sus patas traseras de un salto y dejó caer la parte superior de su cuerpo sobre el lomo de la labradora, sujetándola con las patas delanteras. «Oooh, esta sensación es muy, muy placentera».

—¡Aleja esa maldita criatura de mi Ella! —gritó la mujer en un tono que podría haber roto cristales.

—Mierda —dijo Bazza.

La mujer corrió hacia los perros, que estaban a unos cincuenta metros de ella. Iba agitando sus manos en el aire y en una de ellas llevaba la correa de la perra.

—¡Por el amor de Dios! —dijo gritando—. ¡Mi perra es de raza pura!

—No es la única —murmuró Bazza—. Estoy seguro de que no deberíamos separarlos, creo que podría hacerles daño —dijo en voz más alta.

Caz se rió disimuladamente.

La mujer ignoró a Bazza y comenzó a pegarle al perro con la correa.

—¡Quítate de encima, animal asqueroso!

En ese momento Bazza se levantó y fue hacia ella trotando de forma torpe—. ¡No ataque a mi maldito perro de esa forma! —gritó—. Le va a hacer daño.

La correa cayó en el lomo del perro como un látigo. Se vio obligado a separarse y profirió un aullido de dolor, y luego se giró y gruñó a la mujer, enseñando los dientes. Ella retrocedió. El perro avanzó hacia ella. La labradora emitió un breve sonido entre un aullido y un ladrido y se acomodó en el césped, soltando por fin la pelota

—¡Tu asqueroso perro me va a morder! — exclamó la mujer y levantó la correa otra vez.

—Ven aquí, chico. Ven con papá —dijo Bazza.

El perro agachó la cabeza y se giró hacia él.

Sintió la mano de Bazza en su cuello, primero sujetándole y después acariciándole y dándole palmaditas y, curiosamente, fue agradable.

—No es asqueroso —dijo Bazza siseando—, y si alguien me atacara mientras estuviera teniendo sexo, también me defendería.

—No te atrevas a hablarme así. Deberías haber controlado a tu maldito perro.

—Usted debería haber controlado a la suya —le respondió Bazza—. Tiene a una perra por mascota, debería saber perfectamente cuando está en celo y mantenerla alejada de otros perros.

—¡No te atrevas a hablarme así! —repitió la mujer. Miró a la labradora, que estaba indiferente en el suelo, tumbada boca abajo y jadeando—. Pobre Ella. Y encima es de raza pura. Si este maldito chucho la deja preñada, tendré que ahogar a los pobres cachorros.

El perro se separó de Bazza y volvió a gruñir, esta vez con más intensidad. Se puso en cuclillas delante de ella y, por un instante, pareció que iba a saltar. La mujer, asustada, se alejó de él.

—¡Das vergüenza! —dijo la señora, su voz le temblaba un poco—. Y ella también. —Señaló con la cabeza a Caz, que estaba tranquilamente en el muelle, sentada con las piernas cruzadas y fumando el porro, como había estado haciendo durante todo ese tiempo—. Sentados aquí fumando drogas en público.

—¿Quién ha pedido su aprobación? —dijo Bazza. Su tono de voz era bajo. «Oh Bazza, estás enfadado. Muy bien por ti. Y yo que pensaba que solo eras un viejo imbécil modernillo que fuma hierba, adora el porno y se tira a estudiantes»—. Vamos, perro, déjala en paz. Tenemos mejores cosas que hacer.

—¡Ella! —gritó la mujer. Se inclinó y le enganchó la correa.

—Joder, ¿cuál es tu problema? —le chilló Caz. Seguía sentada en el muelle—. ¿Es que nunca lo has hecho al estilo perrito?

—¡Oh! ¡Oh! —La mujer se enderezó y se alejó.

—¡Pruébalo! —gritó Caz—. La próxima vez que *tú* estés en celo. ¡A lo mejor te gusta! A mí sí. —Se balanceó de lado a lado agarrándose las rodillas y riendo.

El perro miró a Ella, mientras esta dejaba alegremente que se la llevaran. Volvía a tener la pelota en la boca. «Adiós, querida —pensó el perro—, y recuerda: siempre nos quedará París». Después siguió a Bazza de vuelta al muelle. Bazza se sentó frente a Caz, quien se estiró para acariciarle las orejas al perro.

—Vieja vaca estúpida —dijo Bazza.

—Eh, tú —le dijo Caz al perro—. Me alegro por ti. Ve a por ello, chico. —Sonrió a Bazza—. Apuesto a que sí lo ha hecho al estilo perrito. Quiero decir, de esa forma el tipo no puede ver la grasa que tienes en la barriga, así que no se le baja la erección.

—¡Ja! Esa ha sido buena —dijo Bazza y se giró hacia el perro—. Pero escucha, chico, no vayas gruñendo a extraños, ¿entiendes?, o nos meterás a los dos en problemas. —Le dio unas palmaditas en el lomo—. No es que te culpe, no me importaría morderla yo también. —Frunció el entrecejo—. Es curioso, Caz. El perro ya se había calmado y estaba retrocediendo y entonces ella hizo ese horrible comentario sobre ahogar a los cachorros y ahí fue cuando se puso como loco. —Miró al perro—. Es casi como si lo hubiera entendido. —Se giró hacia el perro otra vez—. Pero en serio, amigo, no vuelvas a hacerlo. Porque sabes qué hacen con los perros que atacan a la gente, ¿no?

«Ya lo creo que sí. Escuché a mis últimos dueños hablar del tema cuando le mordí el culo al mocoso ese. "¿Pensabas que podía atacar a alguien?", dijeron. "Deberíamos deshacernos de él, deberíamos sacrificarlo". Y el hombre del refugio era simpático y preguntó si los niños me habían molestado y el hombre dice todo engreído que no, nunca, "son unos buenos niños", y yo pensé, "joder, ¿lo son?". Y el hombre del refugio dijo, "bueno, algunos perros no se llevan bien con los niños, pero no los sacrificamos a menos que sean peligrosos, simplemente los reubicamos". Reubicar. Qué palabra más fea. Suena como algo sacado de un manual de ingeniería. "Reubica el anillo interior en cinco y medio, y asegúrate de que no sobresalga de la arandela de la izquierda"».

El perro se tumbó de lado y se lamió los testículos.

—Buen chico —dijo Bazza—. Algunas veces tenemos que conformarnos con eso.

*

La estación era de estilo victoriano y su techo era de vidrio curvo, inspirado en las grandes arcadas de metal forjado que Brunel construyó en Paddington. Ya había salido el sol, pero antes había estado lloviendo y el agua posada sobre el vidrio difuminaba la luz, de modo que cubría los andenes como un velo. Bazza y Caz estaban de pie en el vestíbulo principal. Sus caras parecían aplanadas de forma extraña debido a la luz tenue que entraba. El perro se sentó a su lado.

Tenía la correa puesta. Odiaba eso.

—¿Es necesario que lo lleves con la correa? —preguntó Caz—. Quiero decir, no es un perro estúpido. No es que vaya a perseguir el tren de las 14:15 a Liverpool Street mientras arranca, ¿no?

—No, pero puede que le apetezca tirarse al preciado schnauzer de alguien y creo que ya he tenido suficiente de eso por esta semana —dijo Bazza y bostezó. El perro bostezó también.

—Está muy apagado —dijo Caz—. Normalmente no se está quieto, pero se ha quedado ahí sentado tranquilito desde que llegamos a la estación.

—Sí, eso es raro —dijo Bazza—. Espero que esté bien. Me encanta esta estación, ¿a ti no? Han hecho un gran trabajo con la restauración, está como antes.

«Por supuesto que no está como antes. Tú qué sabes. No se escuchan los silbidos ni los chirridos, ni lo que llamaban bufidos pero no eran bufidos, sino que eran un sonido más fuerte que eso, como mil bombas de bicicleta, las enormes nubes de vapor blanco que te envolvían y el humo negro que te atacaba llenándote los ojos de hollín, y la peste del azufre, y los hombres que se asomaban de los taxis, vestidos con ropa de trabajo sucia y con las caras negras por el polvo. La última vez que vine aquí ya tenía la carta y, "que le den al sargento Fitch", pensé, y fui directamente al capitán Parkinson y le dije que mi padre no estaba bien, que le habían dicho que se vaya de nuestra casa, que mi madre falleció el año pasado, y que necesitaba verlo. Ese cabrón de Fitch estaba ahí y dijo, "señor, el soldado debería esperar hasta el periodo de permiso". Parkinson medio se sentó ahí y chasqueó la lengua contra los dientes por un instante y dijo, "bien, un permiso de una semana por motivos personales". El maldito Fitch estaba muy enfadado y la mañana siguiente dijo que mi equipo no funcionaba y me hizo pintar carbón y se aseguró de que me quedara retenido durante veinticuatro horas. Espero que se esté pudriendo en el infierno».

—Mira, andén 1 —dijo Caz, estirando el cuello para ver el cartel que había por encima de ellos. Estaban parados demasiado cerca para poder verlo. Todavía quedaban algunos minutos para que llegara el tren a Londres, así que los tres caminaron tranquilamente hacia el andén que estaba en el lado izquierdo de la estación, pasando el W.H. Smiths, el quiosco y la entrada de los baños, los cuales tenían torniquetes que funcionaban con monedas. «En mi época nunca tuve que gastar un penique para ir a mear». La parte delantera amarilla de la locomotora de diesel apareció, cambiando de carril en los desvíos antes de la estación, de forma que parecía que el tren se retorcía como una serpiente en el césped.

«El viaje también fue horrible, esperé siete horas a que llegara un tren y, por supuesto, estaba lleno; con los rifles de la gente pegados a los culos de los demás y un oficial pijo e imbécil yendo por los pasillos y diciendo a los de otros rangos que cedieran sus asientos a civiles y a *oficiales*; y más tarde el tren se paró en algún lugar de Essex y se podía escuchar una bomba en la distancia, y se podía ver la luz de los reflectores a través de las cortinas opacas. Estuve sentado ahí más o menos una hora. Entré a las dos de la mañana y caminé once kilómetros hasta Milhamthorpe, y luego me recogió un tipo en un camión cisterna de combustible de la Real Fuerza Aérea Británica, y el tipo estaba fumando. Maldito idiota. Tuvimos suerte de no salir volando por los aires. No me sorprende que estuviéramos perdiendo la guerra. Oh, ahí está. Qué hábito tan bonito lleva».

El monje bajó del vagón delantero. Era alto y musculoso y su cara estaba dominada por sus altos pómulos. Tenía el pelo rapado y llevaba un hábito naranja rojizo y, por extraño que pareciera, zapatillas.

—Tiene pinta de poder darle una paliza a alguien—dijo Bazza.

—Eso no sería muy kármico, Bazza —dijo Caz.

El monje se acercó a ellos, puso su modesta maleta en el suelo e hizo una reverencia.

—Tshering —dijo con una voz que parecía demasiado aguda para el cuerpo tan grande que tenía.

—Barry —dijo Bazza—, pero puedes llamarme Bazza. Ella es Caroline, aunque todos le dicen Caz.

—Ya veo —dijo el monje e inclinó su cabeza un poco—. Tshering es mi único nombre, en realidad, pero me hago llamar Tshering Thinley por cuestiones del pasaporte. Al parecer, uno no puede cruzar las fronteras teniendo solo un nombre, aunque nunca he sentido que necesitaba otro.

Bajó la vista hacia el perro.

—Y este es el perro —le explicó Caz.

Tshering hizo ademán de acariciarle, pero dudó. Miró al perro a los ojos. El perro lo miró también. Se miraron fijamente el uno al otro durante varios segundos. El perro inclinó ligeramente su cabeza hacia un lado. Tshering hizo lo mismo. Frunció el ceño. Luego murmuró algo.

—¿Perdón? —dijo Caz.

—Te pido disculpas, estaba hablando en dzongkha —dijo Tshering.

—¿Los perros te suponen un problema? —preguntó Bazza con inquietud.

—Oh no, ninguno —dijo Tshering—. Mi padre era pastor de yaks. Teníamos varios perros para proteger a los yaks. Verás, los osos y los jabalíes son un problema, sobre todo cuando los animales pastan en invierno.

—Tienen que ser unos perros grandes si se enfrentan a osos —dijo Bazza.

—Son unos perros *enormes* —dijo Tshering sonriendo. Pero se puso serio otra vez al mirar al perro. Esta vez se agachó y le dio suaves palmaditas en el cuello.

—A veces pensamos que es un alma vieja —dijo Caz.

Tshering se rió. Pareció relajarse conforme se

alejaban de la estación.

—Nosotros no pensamos de esa forma —dijo—. Sin lugar a dudas, cuando alguien muere, su espiritualidad puede entrar en otro reino, pero no su espíritu. No hay individualidad. Uno es... ¿Qué decía vuestro Milton? Cada uno es una parte del todo.

—¿Has leído a Milton? —preguntó Caz.

—¿Sorprendida? —dijo Tshering y sonrió—. Sabes, en invierno, cuando los animales pastaban, mis padres me enviaban con una tía que vivía en una aldea en el sur, donde podía ir al colegio; y tenía un profesor indio, de Kochi. Él nos leía el poema. Quería que entendiéramos que el budismo era más complicado de lo que pensábamos. Hasta entonces, mis conocimientos de religión se limitaban a las deidades aterradoras que había en las paredes de los templos y a las pinturas fálicas de las casas de los valles.

Se puso a pensar un momento y luego recitó:

«Ningún hombre es una isla,
Entera por sí mismo,
Cada hombre es un pedazo del continente,
Una parte del todo.
Si el mar se llevara una porción de tierra,
Europa quedaría reducida».

—Te acuerdas —dijo Bazza, impresionado.

—Lo busqué después. No llegué a terminar el colegio. Yo era el hijo mediano y cuando tenía unos ocho años mis padres me entregaron a un monasterio para ver si así podían obtener algún mérito —respondió Tshering.

«Me pregunto si alguna vez papá obtuvo algún mérito. Dios sabe que lo intentó con todas sus fuerzas. Esa última visita fue cuando el invierno estaba empezando y el camión cisterna me dejó al final del camino que iba a la cabaña, justo después del amanecer. "Te llevaría hasta ahí, tío, pero si me quedo atascado, mi sargento me arrancará los huevos", dijo. "Tu sargento. Deberías conocer al mío", pensé. La cabaña estaba a unos dos kilómetros y medio de distancia. Había llovido con intensidad por la noche. El cielo estaba de color gris, con fragmentos de un negro más oscuro en la parte inferior, pero había luz suficiente para advertir los charcos entre los surcos que dejaban las ruedas y que atravesaban la tierra de color caramelo. Los campos estaban áridos, no había nada en barbecho. Eran órdenes del Ministerio: "sembrad algo en cada maldito centímetro". El viejo Cooper había plantado verduras de invierno. Lo hacía siempre, claro. Solía comer las hojas de los nabos a modo de verduras. Nunca me han gustado. El camino nunca había estado vallado, pero ahora sí, para evitar robos, y tenía alambres de púas a ambos lados. En un trecho se alineaban los cadáveres negros de los cuervos, un mundo de color marrón claro y verde grisáceo, con manchas negras. En poco tiempo, mis botas estuvieron salpicadas de barro y me pregunté cómo haría para limpiarlas en el camino de regreso al campamento. No importaba. El cabrón de Fitch me habría echado la culpa de algo de todas formas. La brillante luz gris me lastimaba los ojos».

El perro cerró y abrió los ojos. Era una soleada tarde de sábado a principios de verano, habían cruzado el río desde la estación y andaban por el camino que había a lo largo del canal. Hacia ellos fluía el bullicio que provenía del pub que había en la orilla del río; ahí se reunían los aficionados visitantes antes de los partidos del City. La mayoría estaban felices sin más, pero otros estaban eufóricos y armaban escándalo. Algunos policías y mujeres se encontraban en el puente. El hábito de Tshering había provocado una irónica aclamación mientras pasaban y alguien murmuró algo sobre ojos rasgados, pero si Tshering había escuchado el comentario, pareció no haberle afectado. Se alejaron y pasaron bajo un pasillo de sauces con el río a su derecha. A la izquierda había una pradera en la que había unos chicos vestidos de blanco y, de vez en cuando, se oía el chasquido del cuero contra los sauces y un repentino entusiasmo cuando alguien intentaba sumar una carrera o corría tras la pelota. Más allá de la pradera, la torre de la catedral se alzaba hacia un cielo azul pálido salpicado de nubes blancas brillantes. No había cuervos.

*

La hermana de Bazza, Destiny, llevó a Clarissa a principios de semana, como dijo que haría. Las acompañaba el segundo marido de Destiny, un hombre pequeño que trabajaba en recursos humanos, quien le preguntó a Bazza si podía ver el críquet. Para Bazza, que pensaba que el críquet y los recursos humanos eran cosas pretenciosas, la petición fue oportuna. Clarissa tenía once años y era bastante pequeña, y llevaba un ligero vestido con flores estampadas. Destiny tenía cincuenta, sus hombros eran anchos, llevaba falda y zapatos brogue, y era ligeramente velluda. Bazza acompañó a las chicas al jardín, donde estaba Caz, sentada en una silla de barbacoa de lona, con las rodillas flexionadas frente a ella y los pies descalzos colgando del borde de la silla, de modo que el verde brillante de sus uñas se veía a la perfección. Llevaba puesta la misma blusa fina de algodón, pero había oído hablar de Destiny, así que se había puesto un sujetador en cuanto sonó el timbre, y también había apagado de inmediato el gran canuto que se estaba fumando y lo había escondido en su bandolera.

—Esta es Caz —dijo Bazza.

—Ya veo —dijo Destiny, mirando brevemente a Caz y volviéndose hacia las sillas de lona que estaban plegadas contra la pared de la cocina—. ¿Nos sentamos?

—Por supuesto —dijo Bazza. Iba a desplegar una de las sillas, pero, de inmediato, su hermana se la quitó de las manos y lo hizo ella misma, por lo que él cogió otra. En cuanto las sillas estuvieron desplegadas, se sentaron. Clarissa se quedó de pie, examinando el jardín. Era pálida, con el pelo marrón rojizo y con unas cuantas pecas.

—Clarissa debería haber traído su sombrero — dijo Destiny—. O John se debería haber acordado.

Un ruido lejano surgió de la televisión de la habitación delantera. Un lanzador australiano había eliminado a otro bateador inglés.

—Creo que he dejado un sombrero panamá arriba —dijo Caz.

Destiny la ignoró.

—¿Quieres algo de beber? —preguntó Bazza.

—Té —dijo Destiny—. Y para John también. Supongo que no habrá agua de cebada para Clarissa, ¿no?

—Tengo Coca-Cola y Sprite para ella —dijo Bazza.

—Esas bebidas están llenas de azúcar y no son nada adecuadas —dijo Destiny.

Clarissa seguía de pie, todavía mirando el jardín de forma vaga y desenfocada.

—Clarissa, ¿te gustaría conocer a la nueva mascota del tío Bazza? —dijo Caz—. Tenemos un perro.

—Me he enterado de que tienes un perro —dijo Destiny dirigiéndose a Bazza en vez de a Caz—. No he escuchado ladridos.

—No suele ladrar —dijo Bazza—. Es así de raro. No parece que los humanos le interesen mucho. Podemos acariciarle, pero no es muy afectuoso. Creo que tuvo algunos problemas con los niños de su última familia.

—Entonces será mejor que lo mantengamos alejado de Clarissa —dijo Destiny—. ¿Dónde está ese animal miserable?

Bazza señaló en dirección al jardín, a los arbustos de rododendro—. Está ahí. Le gusta gandulear en la sombra cuando hace calor.

—Clarissa, ¿qué quieres de beber? —preguntó Caz.

La niña seguía de pie, inmóvil y con la vista fija en el jardín.

—No puede oír nada de lo que dices —dijo Destiny, pero Caz ya se había levantado. Se puso delante de la niña y sonrió. Esta se sobresaltó un poco, pero luego le devolvió la sonrisa. Tenía ojos grises y brillantes y hoyuelos en las comisuras de la boca.

—Hola —le dijo.

—Hola —dijo Caz—. ¿Puedes leer los labios? —Le habló muy despacio.

—A veces —le respondió—. Depende. —Su pronunciación era un poco rara y Caz se dio cuenta de que probablemente nunca había escuchado la voz de otras personas de forma normal.

El perro se incorporó al sentir movimiento. Había estado tumbado de lado debajo de un arbusto, pero ahora rodó sobre su vientre y miró hacia la casa a través del jardín. Este, como muchos de los que había en esos suburbios eduardianos, era estrecho pero de una longitud inusual. El perro vio a Caz de pie frente a la niña. La vio sonreír, decirle unas cuantas palabras y luego llevarse las manos al hombro. «Mi nombre es Caz», dijo lentamente y, mientras pronunciaba esas palabras, empezó a mover las manos. La niña le contestó con movimientos similares.

—Por Dios —dijo Destiny—. ¿Cómo es posible que esta mujer sepa el lenguaje de signos?

Caz se volvió hacia ella y dijo de forma breve—: Mi hermano tiene sordera profunda. —Y se volvió a girar hacia Clarissa—. ¿Quieres beber algo? ¿Qué te apetece?

—Coca-Cola, por favor —dijo Clarissa.

—Clarissa, eso es muy malo para tus dientes —dijo Destiny.

—No puede oír nada de lo que dices —dijo

Caz.

—¡Pues…! —dijo Destiny.

Las interrumpieron en ese momento. El perro atravesaba el jardín hacia ellas, medio trotando, medio corriendo, con su cola balanceándose de un lado a otro. Cuando llegó, se sentó frente a Clarissa y la miró. Movió la cola y, dado que estaba sentado, mecía el césped hacia delante y atrás. Se lamió los labios y gimió suavemente.

—Qué encantador —dijo Clarissa. Se arrodilló y extendió la mano hacia el perro. Este se levantó. Su cola, toda su parte trasera, de hecho, se agitaba con entusiasmo. Apoyó la cabeza en el regazo de la niña y ella se inclinó y lo abrazó.

—Por el amor de Dios, Clarissa. Es un *perro* —dijo Destiny.

—Me parece que tienes razón —dijo Bazza. Luego frunció el ceño y miró a Caz—. Nunca antes había hecho algo así, ¿no? No le molesta la gente pero, en general, solo les ignora.

—Me gustaría tener un perro —dijo Clarissa.

—Clarissa, por el amor de Dios, aléjate de ese animal —dijo Destiny, pero parecía que se lo decía a sí misma, consciente de que Clarissa no la entendería a menos que se lo dijera cara a cara. El perro levantó la vista hacia la cara de Clarissa y ella bajó la suya a la del perro.

—Haré el té —dijo Bazza.

Entró a la cocina al mismo tiempo que Tshering

salía al jardín; su hábito ondeando.

—Dios mío —dijo Destiny.

La ventana de la cocina se abrió.

—Este es Tshering. Se va a quedar conmigo unas semanas —dijo Bazza.

—Ya veo —dijo Destiny. Se puso de pie de forma dubitativa y le tendió una mano. Tshering le dio un cálido apretón con ambas.

—*Kuzuzampo-la* —dijo.

—¿Disculpe?

—Es la forma de saludarse en mi idioma, el dzongkha —dijo Tshering—. Literalmente significa «¿cómo está tu cuerpo?».

Bazza se rió entre dientes—. ¿No preguntas «¿cómo está tu alma?» cuando conoces a alguien?

—No siento que sea necesario en este caso —dijo Tshering mirando a Destiny a los ojos. Ella parecía un poco incómoda y se soltó del apretón.

—Un placer conocerle —le dijo al monje.

Caz apareció con un vaso y una botella de Coca-Cola de dos litros y se lo dio a Clarissa.

—No debería tomar esa porquería —dijo Destiny, que parecía encantada de tener una distracción—. No es solo malo para los dientes, muchos de mis pacientes van al quirófano por sobrepeso. El aumento de personas con diabetes de tipo dos es bastante alarmante.

—Espero que les estés diciendo lo que hacen mal —dijo Caz.

Destiny ignoró su comentario y centró su atención en su hermano—. Últimamente no me has contado nada sobre la situación con Ellen. ¿La has visto?

—No, por suerte —dijo Bazza—. Tampoco es que lo haya intentado.

—En serio, Barnabas, me gustaría que hicieras *algún* tipo de esfuerzo para volver con ella —dijo Destiny.

—¿Barnabas? ¿*Barnabas*? ¿Ese es tu verdadero nombre? Qué bonito —dijo Caz sonriendo.

Bazza salió al jardín llevando el té de su hermana. Se había sonrojado un poco.

—Bueno, sí, pero cuando era pequeño la gente me llamaba Barney —dijo.

—¿Como ese espantoso dinosaurio de color morado brillante que va por ahí repartiendo paz y amor? —dijo Caz—. A decir verdad, esa descripción te viene como anillo al dedo, salvo por lo de ser morado. Bueno, aunque a veces tu cara se pone de ese color después de haber estado encima.

Destiny se puso furiosa.

—El perro parece que se está riendo —dijo Tshering en voz baja.

Era cierto. Tenía la boca abierta y la lengua fuera.

—No empieces tú también —dijo Bazza.

El perro se apresuró a disimular la risa con un jadeo. Volvió a apoyar la cabeza en el regazo de

Clarissa y ella le acarició las orejas.

—No voy a volver con ella, Dest —dijo Bazza sin sonreír—. Lo siento. Sé que te caía bien. Supongo que simplemente me he cansado de que la gente apruebe o desapruebe todo el tiempo lo que hago, ¿sabes?

«Sip, los perros se sienten más o menos igual».

Destiny ya no estaba enfadada. Ahora solo parecía molesta.

—Bébete el té antes de que se enfríe —dijo Bazza—. Caz, ¿tenemos galletas? ¿Nos acabamos las Digestives de chocolate?

—No, todavía nos quedan. Voy a por ellas —dijo Caz y, de repente, ella también sonó un poco apagada.

Destiny se fue no mucho después. Todos desfilaron por la casa con ella a la cabeza, Bazza detrás, luego Clarissa y el perro, y Caz cerrando la marcha.

Destiny asomó la cabeza por el salón.

—Cariño, es hora de irse. Nos queda guiso en la olla eléctrica —dijo en voz alta.

John era pequeño y tenía pelo en la nariz. Estaba mirando fijamente la televisión, inmóvil.

—Está en 87, ¡no lo han sacado! —dijo.

—Sí, cariño —dijo Destiny. Su marido se puso de pie. Le llegaba a Caz un poco por encima de los pechos y se encontró mirando fijamente a su blusa, a través de la cual se podía ver con claridad su sujetador negro. Se le cayó un poco más la mandíbula. Lo sacaron de la casa hasta el Audi compacto que estaba aparcado en la calle y se sentó en el asiento del copiloto, suspirando profundamente.

Clarissa se giró, se puso de rodillas y le dio un abrazo al perro, luego subió al coche. El perro soltó un pequeño gemido. Se levantó mientras el coche se alejaba, moviendo la cola con incertidumbre y mirando cómo ella le decía adiós con la mano a través de la ventana trasera.

En el jardín, Tshering seguía sentado en la silla. Estaba completamente inmóvil y permaneció de ese modo hasta que Bazza y Caz volvieron al jardín. Se sentaron y también se quedaron en silencio.

Tshering habló después de un momento.

—El camino a través del samsara es largo —dijo—, y para facilitarlo uno debe pensar de forma generosa. Esa es la energía que guía el camino y eleva al ser a los reinos más altos, desde el estado animal hasta el mundo humano, en donde uno tiene libertad de decisión y puede obtener méritos.

—Pensaba que se debía renunciar al concepto del yo —dijo Bazza levantando la vista. Se estaba liando un porro.

—Sí, pero uno también debe transmitir energía

positiva, debe alimentar su propio karma, lo que se puede considerar como un estado mental. Uno puede hacer esto, al menos en parte, mediante la compasión por todos los seres sintientes.

Bazza asintió.

—No es tan mala —dijo, casi para sí mismo—. Quiere a Clarissa y le ha dedicado mucho tiempo y energía, a ayudarle a leer los labios, a que aprenda el lenguaje de signos y a hablar.

—Ya veo —dijo Tshering—. Pero no lo digas. Siéntelo. Así funciona el dharma.

—Y la práctica... No, el sentimiento de compasión, ¿nos traerá felicidad y paz? —preguntó Caz.

—Sí —dijo Tshering—. Aunque la cerveza también ayuda.

—Hay un paquete de seis en la nevera —dijo Caz.

—Lo sé —dijo Tshering—. Lo compré antes. No estaba seguro de cuál cerveza era la de mejor calidad así que compré una llamada... ¿Cómo era? Special Brew. Espero que sea apropiada.

El sol había bajado pero brillaba directamente sobre ellos, ya que la parte trasera de la casa estaba orientada al oeste. Tshering y Bazza se sentaron con latas de cerveza, mirando cómo las sombras se alargaban. Una luz dorada bañaba sus caras.

—Es muy bonito —dijo Caz. Entró en la casa y

volvió a salir unos instantes después con su iPhone y el palo *selfie* de Bazza—. Foto familiar —anunció.

—Oh —dijo Bazza—. Vamos a arrodillarnos en el césped. Así será más fácil que salgamos todos.

Tshering y él se pusieron de rodillas y Caz se arrodilló detrás de ellos, de modo que quedaba un poco más alta.

—El perro —dijo Caz—. No podemos dejar al perro fuera de la foto.

—Tienes razón —dijo Bazza y chasqueó la lengua—. ¡Perro! ¡Ven!

«Oh, vete a la mierda, Barnabas. Todavía no es la hora de cenar. Ve a repartir paz y amor, dinosaurio hippie».

Abrió los ojos. Los tres estaban en el otro extremo del jardín, formando un pequeño triángulo.

—Foto familiar, perro —dijo Caz en voz alta—. No podemos tener una sin ti.

«Ah bueno, visto de *esa* forma…».

Se levantó, se estiró y cruzó el jardín sin prisa. Baza palmó el césped, frente a él, y el perro se sentó; tenía la lengua fuera. Bazza cogió el palo *selfie* y Caz pasó sus brazos por encima de los dos hombres y Bazza hizo dos, tres, cuatro fotos, sonriendo, luego Caz sacó la lengua y el perro sacó la suya al mismo tiempo. Cuando vieron la foto todos se empezaron a reír a carcajadas y Caz compartió la foto en Facebook al instante. Etiquetó a Bazza y a Tshering y también al perro a través de la página que Bazza había creado para él, y a Tshering a través de su página pública «La práctica del dharma». Tshering vio la publicación la mañana siguiente y estuvo a punto de ocultarla de su muro, pero entonces miró las cuatro caras, las tres humanas resplandecientes por la puesta de sol y el placer, el calor y la compasión por los seres sintientes. Le dio a «me gusta».

*

Caz se quedó a pasar la noche y se fueron a la cama pronto. Bazza le preguntó a Tshering si podría dejar salir al perro antes de irse a dormir. Tshering le dijo que sí de forma educada. Eran solo las diez, así que se pasó por el salón, donde Bazza, queriendo tener un gesto atento, había cambiado de canal a la *BBC Four*. «En este canal ponen unos documentales y programas de arte muy buenos», le explicó. Tshering le dio las gracias y esperó hasta escuchar que tiraran de la cadena por segunda vez, y decidió que no le iban a molestar. Cambió de canal a *Sky Sports*.

—Vale, amigo —le dijo al perro—, te voy a dejar salir. Salta contra la puerta cuando quieras que te deje entrar.

Miró al perro de forma especulativa. El perro ladeó la cabeza y le devolvió la mirada.

—¿Cuál era tu reino? —preguntó Tshering—. Aunque es una pregunta tonta porque no puedes decírmelo, ¿no?

Sonrió y le acarició el lomo.

—Bueno, sal y haz lo que tengas que hacer —dijo—. Y si por casualidad te encuentras con un gato, recuerda que hay que tener compasión por otros seres sintientes. Además, te podría arañar un ojo.

Cogió una cerveza de la nevera y volvió la vista al jardín, frunciendo el ceño. El perro desapareció detrás de los arbustos de rododendro. Tshering volvió a centrarse en la tele, donde estaban echando las jugadas más destacadas del amistoso de pretemporada entre el City y el Dynamo de Kiev. Se recostó, bebió un trago de cerveza, eructó y sintió que los párpados le pesaban un poco. Clarissa y Destiny pasaron por su mente, sonrió y, silenciosamente, recitó un mantra mental en su nombre.

El perro se arrastró por debajo de los arbustos de rododendro. Estaba escondido ahí, pero no estaba cómodo. Había poco espacio debajo de las ramas y él quería estirarse, tumbarse y descansar sus pesadas extremidades. Hizo sus necesidades de forma rápida y luego empujó sus patas traseras a través del hueco poco profundo que había debajo de la valla que daba al jardín del vecino. Podría haber continuado hasta la siguiente valla e ir al deprimente patio de Richard pero, en vez de eso, se tumbó sobre el largo césped, resoplando ligeramente mientras una semilla u otra cosa tocaba sus fosas nasales.

Se puso a pensar en Clarissa y en la forma en la que le acariciaba las orejas y en la textura de su suave y simple vestido de algodón. «Papá no debería haber dejado que mi hermana se fuera. Estaba sentado ahí, negando con la cabeza. "No sé qué otra cosa podría haber hecho, hijo". Bueno, no supe qué decir ante eso, solo había ido para verla. La primera vez que fui al ejército era verano y ella me sonrió y me dio un abrazo de despedida, y cuando mamá envió su última carta, en el sobre había flores aplastadas de parte de mi hermana. Así que fui a la casa del condado, una casa grande y vieja del siglo pasado, construida por algún tipo rico que había tenido problemas económicos, o que tal vez solo quería un sitio con menos viento.

»El autobús me dejó en la puerta y caminé los cuatrocientos metros que había hasta la casa, que era de ladrillo rojo y tenía adornos de madera blanca alrededor de los aleros y ventanas altas con rejas. Había un portero en la entrada, resoplando y tosiendo, y manteniendo una postura de tipo militar. "Te han gaseado, como a papá", pensé. "Espera aquí, hijo —dijo el hombre—, le voy a preguntar a la hermana Patrick", y subió por las escaleras. Escuché voces y después oí a esa mujer diciendo, "ah sí, la conozco, la enfermera Smithers encontró a la muy sucia tocándose por la noche. ¿Es un oficial?", y el portero ese le dijo "no, señora, es solo un soldado raso". "Entonces que vuelva cuando tenga cita", le contestó. Y el portero dijo, "bueno, supongo que está de permiso y a lo mejor no tenía teléfono". Unos minutos más tarde, el portero bajó con una enfermera joven y pálida, de cara delgada y llena de granos. "La hermana Patrick quiere que me acompañe", dijo la chica, sin ningún rastro de sonrisa, y la seguí por las escaleras con mi gorra en la mano. Todo era de lino, estaba más limpio que una patena y apestaba a desinfectante. Ella estaba en una habitación, donde solo había camas de hierro y una reja de hierro en la ventana, y no escuchó nuestros pasos al acercarnos, por supuesto. Estaba sentada en su cama, como las demás, y me vio al girarse. Su cara no mostraba expresión alguna, y entonces se dio cuenta de que era yo y se levantó. Estaba temblando y la abracé y nos sentamos un rato, pero no intentó hablar, como solía hacer. Pasados veinte minutos, la enfermera con cara de rata volvió y quería que me vaya pero no me moví de ahí, y la hermana vino y finalmente el portero entró jadeando por haber subido las escaleras, y me dijo, "es hora de que te vayas, hijo". Entonces me fui porque él había sido gaseado, como papá, y abracé a mi hermana de nuevo y, cuando regresé a la puerta, ella estaba de pie, con lágrimas en la cara. Salí y esperé en la lluvia y no había autobuses, y luego un gran Humber se detuvo y me preparé para entrar, pero dentro había un oficial, y ese pedazo de mierda quería saber por qué la insignia de mi gorra no estaba recta. Pero en ese momento el camión de carbón pasó por ahí e hicieron que me siente en la cabina, en medio de ellos, y llegué a casa y seguía lloviendo, y la tarde empezó a dar paso a la noche y la habitación estaba llena de una suave luz gris. "Entonces la has visto", dijo papá, que estaba sentado muy erguido y rígido, con las manos en los reposabrazos de la silla y los pies juntos, sin mirarme. "Lo siento, hijo, no sé qué otra cosa podría haber hecho —dijo de nuevo—. Tu madre ya no está aquí para ayudar y ahora Cooper me ha puesto de patitas en la calle. No me puedo quedar aquí, así que ¿a dónde la mando? Yo voy a casa de tu abuela, y ahí apenas hay sitio para mí".

»Nos quedamos sentados un largo rato mientras oscurecía, con solo un poco de calor proveniente del fogón, lo suficiente para no temblar todo el tiempo. "¿Cuándo vas a volver?", preguntó al final. "No lo sé, papá, esto ha sido un permiso de unos días. No sé a dónde vamos pero ese cabrón de Fitch dice que a la India". "Que ni se te ocurra ir a ese lugar —dijo papá—. Tu tío Don estuvo ahí. En la India tratan al resto de rangos como si fueran basura. Te vas a pasar seis días a la semana marchando y los domingos haciendo un desfile militar para la iglesia, y después nada, y te pasarás años ahí". "Pero al menos los alemanes todavía no están en la India —le dije—. No tendré que luchar". "No estés tan seguro —contestó—. Ahí hay motines y todo eso. Te harán matar a esas personas negras. ¿Por qué querrías hacerles daño? Solo Dios lo sabe. Dios sabe qué es lo que hizo el imperio por la gente como nosotros. Como tu abuelo, que se marchó un día de verano con un bonito abrigo rojo puesto y nunca volvió. Los bóeres lo mataron. Entonces, ¿para qué sirvió todo eso?".

»Seguía sin mirarme. Se levantó, echó un poco más de carbón al fogón y se sentó pesadamente, tosió un poco, y luego dijo, "no vayas a la India, hijo. Huye". "Me atraparían, papá". "Ya te han atrapado, de todas formas. Vete por la mañana, antes de que tu permiso termine. Este es el primer lugar en el que te buscarán".

»Tenía que estar de vuelta en el campamento el sábado por la noche. El día siguiente era viernes. Por la noche me puse a pensar, mientras escuchaba toser a mi padre en la otra habitación. Pensé en mi hermana llorando, en ese oficial canalla que estaba en la lluvia, y en Fitch, que me ponía castigos casi todos los días y me hacía pintar carbón. Por la mañana, papá me preparó té, pan y grasa de carne asada, todo lo que había en la casa. No lo volvería a ver. O a mi hermana. Ahora estará muerto, claro, al igual que mi hermana; bueno, ella tendrá más de noventa. Tampoco la volví a ver, por supuesto. Papá y yo no nos abrazamos ni nada, no éramos así; solo asentimos con la cabeza y cogí mi rifle y mi mochila. Ya no estaba lloviendo, las nubes estaban altas y finas y se habían retirado un poco, por lo que el cielo invernal era de color azul pálido. Esa vez no miré atrás, sino que caminé de forma constante por ese camino encharcado y lleno de surcos, pasando los cuervos».

El césped le volvió a hacer cosquillas en el hocico y el perro estornudó. Abrió los ojos. El calor de la noche hizo que sus pensamientos se desvanecieran. La primavera ya estaba dando paso al verano: el aire era suave y aromático, y la luna, casi llena, iluminaba el jardín con una luz plateada. El perro captó un olor familiar. Se quedó inmóvil un momento intentando rastrearlo, luego percibió un movimiento cerca de él y levantó el hocico, que había estado apoyado sobre sus patas cruzadas, como era su costumbre. Se puso tenso. El gato grande y viejo estaba a un par de metros de distancia, mirándolo a través del camino que iba al cobertizo. El gato siseó y se echó hacia atrás, pero no aulló ni se escapó. Parecía que estaba estudiando al perro, mirándolo a los ojos. «Algo ha cambiado», parecía pensar el gato. Acto seguido, se volvió y se escabulló hacia la pared, la trepó, se giró y volvió a mirar al perro, casi con interés, y se fue al árido jardín de Richard, que estaba al lado.

El perro lo vigiló por un momento, después se levantó, se estiró, como siempre, y eligió el camino a seguir a través del césped hacia el agujero bajo la valla, y se deslizó por debajo hasta llegar a la parte trasera del arbusto de rododendro. Salió al césped por el estrecho hueco que había entre los arbustos, doblando su cuerpo como una comadreja o un armiño. La luz proveniente de la cocina, que tenía las puertas abiertas, iluminó sus ojos; parecía que brillaban en la penumbra. Tshering se sentó en el escalón; los bajos de su túnica se arrugaron, de modo que se veían sus zapatillas negras de suela gruesa. Tenía una lata en la mano. Cuando vio que el perro se acercaba, tiró de la anilla de la lata; después cogió el bol del perro y lo puso a su lado en el suelo y echó un poco de cerveza. El perro se acercó lentamente al bol, metió la lengua en la cerveza y bebió, despacio al principio, pero cada vez más rápido conforme recordaba el antiguo sabor, girando la cabeza de un lado a otro.

Cuando se acabó la cerveza, el perro levantó la vista al monje, se lamió el hocico y eructó. Ladeó la cabeza y movió la cola de forma vacilante.

—Creo que esta tarde fuiste muy simpático con esa niña —dijo Tshering. Bebió un trago de cerveza de la lata—. Has obtenido mérito, así que ahora puedes beber un poco de cerveza.

Dio palmaditas en el suelo, a su lado, y el perro se sentó junto a él, también mirando hacia los arbustos que había en el extremo del jardín. Tshering le puso una mano en las patas traseras y le dio un pequeño apretón.

—A veces, mis hermanos daban cerveza a los perros cuando ahuyentaban a un oso o a un jabalí —dijo—. Era una travesura. A mi padre no le gustaba nada, pero a los perros sí.

El perro miró al monje de reojo y sonrió. Bueno, más bien abrió la boca y sacó la lengua, dejándola colgada a un lado.

—Vivíamos en una tienda hecha de pelo de yak —dijo el monje—, en lo alto de las montañas. Incluso la pastura de invierno estaba a tres mil metros de altitud. Los perros dormían fuera. Una vez, un guarda forestal indio se quedó una noche con nosotros. Quiso llamar la atención de uno de los perros, no me acuerdo por qué, y silbó. —Miró al perro—. En nuestro país no se debe silbar después del anochecer. Eso alerta de tu presencia a los espíritus, e incluso a los demonios. Mi padre estaba muy asustado. Al día siguiente, un jabalí hirió a uno de nuestros perros.

Dio otro sorbo a la cerveza y luego sostuvo la lata frente a él, con la mano que tenía libre aún en las patas traseras del perro.

—Fue una coincidencia, por supuesto —dijo.

Ambos miraron la luna.

—A veces me pregunto qué es lo que realmente espera de mí la gente de aquí. Creen que tengo una espiritualidad que es mayor a la suya propia. De hecho, a veces creo que todo lo que tengo es el conocimiento de mi ignorancia. Pero puede que precisamente sea esa la espiritualidad que buscan.

Miró al perro otra vez. El perro también lo miró. Y entonces, sin saber por qué, se levantó y lamió a Tshering en la oreja. El monje se sobresaltó pero después se empezó a reír y lo abrazó. Luego se apartó un poco, todavía con sus manos en el lomo del perro, y lo miró a los ojos.

—Es un viaje largo —dijo—. No nos acordamos de los reinos anteriores. La gente lo ha intentado. Buda les aconsejó que se abstuvieran. Dijo que nada bueno saldría de eso. El reino pasado no es importante. El que importa es este y el siguiente.

Bebió un último trago de cerveza y agitó la lata para ver si estaba vacía. Lo estaba.

—Ahora deberíamos ir a descansar —dijo. El perro lo siguió por la puerta de la cocina y Tshering la cerró y le echó el pestillo con decisión. Ningún oso, jabalí o ladrón les molestaría por la noche.

*

Caz bañó al perro al día siguiente.

—No puedes hacer eso —dijo Bazza—. Se

pondrá como loco.

—Bueno, apesta un poco —dijo Caz—. A mí no me importa, pero como Richard y Wendy vienen esta noche… Y, de todas formas, echó un polvo el otro día.

—¿Y?

—Bueno, hasta tú te duchas después de echar un polvo, ¿no? —dijo Caz—. Ya ves, el perro tiene más clase que tú, querido Barnabas.

—Pues haz lo que quieras —dijo Bazza—. Pero si te arranca los dedos de un mordisco, no digas que no te lo advertí.

El perro no la mordió, pero estuvo reacio a subir las escaleras. No le tenían permitido subir, y un par de veces se detuvo y miró a Caz, que estaba arrodillada en la parte superior de las escaleras.

—Vamos, está todo bien, te vas a dar un baño agradable —le dijo.

«Nunca nos dimos uno de esos, no de esa forma. Había una bañera de lata que mamá solía arrastrar frente al fuego en invierno y en la que a veces nos bañaba fuera en verano, pero en ambos casos el agua se enfriaba rápido. Papá solía desprender un leve tufillo después de haber estado con el ganado. Supongo que en realidad no nos importaba tanto, siempre y cuando no pasáramos frío por las tardes; y así fue tras la muerte de la señora Berry, pues recibimos su carbón durante unos tres meses ese invierno, lo que fue estupendo.

Eso debió ser dos o tres años antes de la guerra. Aquel era el tiempo en el que Prince se solía acurrucar delante del fuego y gruñía suavemente cuando estaba soñando. Supongo que estaría soñando con algo bonito, no como yo. A lo mejor soñaba con conejos. A veces gemía suavemente por la emoción, no como yo cuando me despierto gimoteando y aullando. Aunque sabemos la razón, ¿no?».

—A la bañera —dijo Caz, levantando al perro sobre el borde y dejándolo suavemente en la parte menos profunda de la bañera—. Quédate sentado ahí mientras regulo la temperatura hasta que esté buena. —Abrió los grifos de agua fría y caliente y pasó sus manos por el agua unos segundos y luego sacó el cabezal de la ducha de su soporte—. Esto te va a encantar, perro. Te voy a echar un champú de árbol de té de Bazza. Menudo desperdicio en él; tiene mucho menos pelo que tú. Bueno, prueba el agua. —Levantó la pata del perro y le apuntó con el cabezal—. Es agradable, ¿eh?

«Bastante. Oh, eso es muy placentero. Sí que soy un perro con suerte. Primero me dan cerveza y después una buena ducha caliente. Señorita, ¿tiene por casualidad algo de leche de burra?».

El perro cerró los ojos y se inclinó hacia delante mientras el agua caliente caía en cascada sobre su lomo. No se quejó. Para sorpresa de Caz, el perro golpeó la cola contra la bañera. Aplicó el champú sobre su pelaje poco a poco para asegurarse de no usar más de lo necesario y luego lo enjuagó rápidamente. Cerró el grifo y puso el cabezal de la ducha en su soporte.

—Ahora vas a sacudirte y echarme todo el agua encima, ¿no es así, cabroncete? —dijo ella.

«Ya lo creo que sí. Un paso atrás, *madame*».

—¡Eh! —Caz estaba arrodillada en el suelo del baño, con las manos sobre las rodillas. Echó la cabeza hacia atrás y se empezó a reír mientras su blusa blanca se llenaba de gotas que se juntaban, haciendo que esta se volviera transparente en algunas partes—. Te diré lo que haremos, perro. En el próximo espectáculo del condado haremos una función conjunta, una mezcla de exposición canina y camisetas mojadas, ¿de acuerdo? Ahora no te muevas mientras te seco. —Cogió la toalla de Bazza y secó al perro lo mejor que pudo, con firmeza pero con suavidad. Él se quedó quieto y con la lengua fuera.

—Bueno, vamos fuera, a la luz del sol, y ahí terminaré el trabajo —dijo Caz. Cogió el secador de pelo sin cables que estaba encima del cesto de la ropa y bajó las escaleras de dos en dos dando saltos, con el perro siguiéndola. Salieron al jardín, donde Bazza y Tshering estaban sentados en las tumbonas con tazas de té.

—Siéntate. Buen perro. —Sin apuntarle, encendió el secador en el modo de aire caliente y puso la mano delante para probar la temperatura; luego lo apagó—. Así está bien —dijo—. Bien, perro, quédate quieto. Aquí viene tu premio. —Y empezó a secarle el pelo, peinándolo despacio y con cuidado para no tirar de los nudos que había en su pelaje.

El perro movió la cola por el césped.

—Tiene un pelaje muy bonito, ¿no crees? —dijo Bazza.

—Oh sí —dijo Caz— Tiene algo de border collie, ¿no?, con el pelo largo en el pecho y con las patas y el cuello blanco. Su hocico también tiene la forma del de un border collie. Me pregunto si en realidad es un perro ovejero. —Apagó el secador, se inclinó hacia el perro y le abrazó por el cuello, y sintió su nariz contra su oreja.

—No le llegamos a poner un nombre —dijo Bazza.

—Deberías haberlo hecho —dijo Caz.

—Lo sé —dijo Bazza—. Pero pensé que, bueno, ya tiene sus años y supongo que ya le han puesto por lo menos uno. No quiero decirle cuál es su nombre. Es un poco irrespetuoso.

«Bazza, no eres tan cretino después de todo. No creo que pueda soportarlo».

—Bueno, vamos a pensar en nombres bonitos —dijo Caz—. Y luego se los podemos decir y ver si alguno le gusta.

«Me estoy empezando a enfadar porque ni

sabes ni ves lo que soy, y no serías capaz de entender lo que soy, y no entiendes que estoy condenado, maldito, que soy una jodida escoria y que no me puedes querer ni acariciar de esa forma».

El perro se levantó y se escabulló de los brazos de Caz y se fue lentamente a los arbustos de rododendro.

—Vaya, ¿qué hemos dicho? —dijo Caz.

—No sé —dijo Bazza—. Ese perro es raro. Lo he tenido un mes y nunca le ha gustado la gente. Eso sí, nunca ha hecho daño a nadie. Simplemente las personas no le importan una mierda. Y ahora parece que muestra algún tipo de afecto y después no, y después te lame la oreja y luego se pone arrogante otra vez. Tiene gracia, he salido con un par de mujeres así, pero se comportaban de esa forma en *esos* días del mes.

—Barnabas —dijo Caz—, eres un puto cerdo sexista. Si no me comieras el conejo tan bien, te retorcería el pescuezo.

Tshering, que había estado dormitando en su tumbona, abrió los ojos lentamente.

—Oh Dios, lo siento mucho, Tshering —dijo Caz, llevándose rápidamente la mano a la boca.

Tshering se frotó los ojos.

—No te preocupes —dijo—. Pero el conejo es un ser sintiente y, al igual que los perros, son dignos de respeto. En mi opinión no se les debería comer.

—Ella no se refería a... bueno, en este país no... sí, bueno... —balbuceó Bazza, haciendo una mueca de vergüenza.

—En algunos lugares comen caballos —dijo Caz.

Tshering volvió a cerrar los ojos y Caz vio que se le escapaba una sonrisa, aunque era evidente que estaba intentando esconderla.

—Estabas hablando del perro —dijo Tshering en voz baja.

—Sí. Es un tanto extraño —dijo Bazza.

Tshering volvió a abrir los ojos. El perro estaba tumbado debajo de uno de los arbustos de rododendro que había al otro lado del jardín. Sus patas delanteras estaban en paralelo, un poco separadas, y las traseras estaban juntas y dobladas a un lado. Tenía la vista vuelta al jardín, mirándoles con la lengua fuera. Tshering lo miró a su vez. El perro bajó la vista, se lamió los dientes, cerró el hocico y lo apoyó en el suelo entre las patas delanteras.

Tshering se puso de pie y cruzó el jardín a paso lento. El perro lo observó acercarse, con su hábito rojo y naranja ondeando alrededor de sus zapatillas. El monje se quedó de pie un instante, mirándolo. Luego se levantó el hábito hasta las rodillas y se sentó al lado del perro, juntando las rodillas y apoyando su barbilla encima. Ya no miraba al animal.

Al otro lado del jardín, Bazza se recostó en su tumbona.

—¿A qué hora vienen Richard y Wendy? — preguntó Caz.

—A las siete —dijo Bazza.

—¿Nos liamos un porro mientras tanto?

—Venga —dijo Bazza—. Más tarde me pondré a preparar el dhal para la cena. ¿Puedes hacer el arroz cuando vengan? A mí no se me da bien.

Tshering miró hacia ellos. Vio a Caz sacar la lata y el papel de fumar de su bandolera. Se giró hacia el perro.

—Me encantan los rododendros —dijo—. Me pregunto cuál es su aspecto en su mejor momento. Pero estos arbustos todavía están creciendo, ¿no? Hay poco que ver por ahora.

El perro no respondió.

—Los echo de menos —dijo Tshering—. En mi país aparecen en abril, como fuego rojo y naranja. En el valle mueren rápido, pero se desplazan hacia las montañas. Para finales de mayo ya no queda ninguno, aunque puedes subir atravesando los bosques de la cordillera Talakha y todavía los puedes encontrar en la cima.

Se quedó en silencio un momento y pensó en los rododendros. En el valle ya habrían desaparecido antes de que empezara la primavera, pero, a tres mil quinientos metros de altitud, estaban en todo su esplendor a finales de mayo y principios de junio. Se podían ver cerca de la cima, brillantes contra el cielo azul y blanco que presagiaba la llegada del monzón del noreste, después de cruzar bosques de musgo húmedo y frío y de atravesar hojas de helecho.

—El camino entre los reinos es duro —dijo.

El perro lo miró.

—A veces recogemos hojas o ramitas del suelo cuando escalamos nuestras montañas —dijo Tshering— y las llevamos con nosotros mientras ascendemos. Después las dejamos sobre una pendiente alta, quizás encima de un montón de piedras. Nos gusta ayudar a la naturaleza. Nos gusta ayudarle a que suba más alto, llevarla a nuevos lugares para que la fuerza vital se difunda y aumente.

Se puso a pensar un instante.

—A veces me pongo nostálgico —dijo.

El perro se sentó y siguió mirándolo, con la cabeza ligeramente ladeada.

—El camino es duro —repitió Tshering.

Acarició el lomo del perro, luego suspiró, se levantó y volvió a la casa.

«No hay ningún camino, idiota. Simplemente estoy condenado, ¿no lo entiendes? Lo supe esa misma noche. Fue la mujer del traje azul oscuro la que me hizo entenderlo. Me hizo ver que todos estamos condenados, pero tenía que haberlo sabido ya en ese entonces, en algún rincón de mi mente. Puedo verla de forma bastante clara.

»La mayoría de las personas que venían eran hombres de Smithfield o Billingsgate, casi la mitad llevaba uniforme, pero había muchos civiles, a veces vestidos con las gastadas telas de la época, a veces con petos o ropa de trabajo; estos eran de color marrón si trabajaban en almacenes, o blancos y con manchas de suciedad, y a veces olían a vísceras o a pescado. Pero normalmente eran hombrecillos vestidos con trajes andrajosos; con gabardinas y bombines o sombreros de fieltro sobre sus rodillas, que se inclinaban hacia el cuadrilátero bajo la intensa luz de las bombillas desnudas, murmurando "¡Mátalo! ¡Mátalo!". Esa noche, Clyde estuvo a punto de hacerlo. Su último golpe mandó a un guardia fornido a través del cuadrilátero y contra las cuerdas. Gran parte del público dio pisotones contra el suelo y lo animó. Me senté ahí y no me preocupé. Las probabilidades eran siempre bajas con Clyde y nunca habíamos perdido más de un chelín o un florín por cabeza. Podíamos permitirnos las tres o cuatro libras que habíamos pagado a los luchadores que perdían, y se lo habían merecido. En un par de ocasiones había habido hombres que podrían haber matado a Clyde si la pelea no hubiese estado amañada. Él era enorme y tenía la fuerza de tres hombres, pero era lento, lento debido al alcohol y a los golpes que había recibido cuando peleaba de verdad. Pero cuando golpeaba a una persona, le pegaba fuerte. Tuvimos a muchos ingenuos que dijeron "sí, treinta chelines y me meto en la pelea", pero nunca pensaron que sería tan real, que pagarían por sus treinta chelines con golpes que lloverían sobre ellos desde la coronilla hasta la entrepierna, porque a Clyde no le gustaban los hombres blancos. Intenté ser simpático con él un par de veces al principio, pero fue un error. Le hice una pregunta inocente. Le pregunté si alguna vez volvería a Mississippi. "No —me dijo—. No voy a terminar colgado de un árbol como mi hermano cuando descubrieron que había estado con una mujer blanca", y había odio en sus ojos. Después de eso, aprendí a no molestar a Clyde. Él no me haría daño. Dependía de mí y yo de él, y todos de todos; vivíamos de nuestro ingenio, no de amor o confianza, tampoco compañerismo, solo del miedo que comparten los condenados.

»Me sonaba la cara de la mujer del traje azul. No sabía de qué, pero me sonaba. Lo supe la tercera o cuarta vez que apareció; era la esposa de un miembro del parlamento, un abogado exitoso en el pasado que ahora estaba sirviendo en el regimiento del que yo había desertado, y había desaparecido recientemente en Malasia. Habían puesto una foto de ella en el *London Evening News*, salía agarrando su bolso y llevaba un pequeño sombrero con velo, de luto; se la veía apropiadamente afligida para la ocasión. Yo no creía que su pérdida le tuviera preocupada. Tenía delicados rasgos de porcelana, ojos oscuros y piel suave y pálida que se sonrojaba mientras veía la pelea. Su boca era una amplia y delgada línea relajada que no encajaba en esa tierna cara. Mientras Clyde aporreaba a los guardias y el público rugía, y el humo de los cigarrillos se concentraba bajo la luz de las bombillas, yo miraba de ella al cuadrilátero y viceversa.

»Una gota de sangre salió de la boca del guardia y me di cuenta de que estaba intentando atraer la atención de George para detener la pelea, pero George se movió alrededor del cuadrilátero evitando los cuerpos cansados. Llevaba una pajarita como si fuera una pelea de verdad y no una pelea de perros en un sótano abandonado bajo una zona bombardeada. Su camisa blanca tenía manchas de sangre. El guardia se quería rendir. Clyde lo quería matar. El público rugía. Miré a la mujer. Estaba mirando atentamente, sentada muy erguida, su torso moviéndose despacio, de forma rítmica, y, de vez en cuando, el sonido de un golpe seco le hacía cerrar los ojos brevemente. Se pasó la mano por la parte delantera de su cuerpo y sus dedos parecían estar yendo entre sus piernas, y la miré con asco y excitación. Le quité los ojos de encima y de repente vi a George sacando a Clyde a rastras de encima del guardia, que estaba tirado en el cuadrilátero, con sangre saliéndole a borbotones de la nariz y de la boca y con la cara llena de heridas. "¡Una pelea justa! —gritó alguien—. ¡Hora de quitarse de encima!", y se escucharon gruñidos de asentimiento a medida que el vitoreo disminuía. George ayudó al guardia a ir del cuadrilátero al almacén de atrás. La mujer del traje azul permaneció sentada mientras el público salía. Abrí la caja y repartí las ganancias, tales como eran. Podía oír a Briscoe en la puerta, diciéndole a la gente que tuviera cuidado con la cortina oscura. Briscoe era un hombrecillo con cara de rata que en realidad no había desertado, sino que estaba apostado no muy lejos de ahí, y su especialidad eran los neumáticos, entre otros, pero él me había conseguido mi nuevo uniforme: segundo teniente de Infantería ligera de Oxfordshire y Buckinghamshire —nada mal— y también mi revólver.

»Los últimos hombres ya habían salido cuando la mujer se puso de pie y vino hacia mí. La había estado observando por el rabillo del ojo, aunque estaba ocupado calculando la recaudación. Briscoe se iba a llevar cuatro libras, catorce chelines y seis peniques que, en mi opinión, era más de lo que se merecía ese pedazo de mierda. Yo me embolsé seis libras, seis chelines y dos peniques. Clyde se llevaría la mayor parte, cerca de quince libras. Me pregunté qué haría con todo ese dinero. Los otros parásitos se llevarían más o menos una libra cada uno y le pagaríamos cinco libras al guardia. Enderecé una pequeña torre de florines y miré hacia el improvisado cuadrilátero. La mujer venía hacia mí. Aún llevaba el sombrero, pero sin el velo, y su abundante pelo castaño estaba suelto y caía lacio por debajo del ala del sombrero. Tenía desabrochado el primer botón de la blusa. Bajo la intensa luz de la bombilla pude ver que era mayor de lo que pensaba, pero, aún así, no tenía más de treinta y cinco. Había algunas líneas alrededor de sus oscuros ojos, casi negros. Esos ojos y la sensual amplitud de su boca no encajaban con sus rasgos de pastora de Dresde.

»Bajó la mirada hacia mí. "¿Qué quiere?", pregunté, aunque lo sabía. Me dio un billete de diez chelines. Asentí brevemente, lo guardé y me puse de pie, tapando la lata del dinero y cerrándola; luego me metí la llave en el bolsillo. "Sígame", dije. Fui hacia la pared del sótano y abrí la puerta de una habitación que se había utilizado antes para almacenar archivos y muebles de oficina, hasta que el edificio de encima fue bombardeado más o menos un año atrás. Ahora estaba llena de cajas y botellas, muchas botellas, que brillaban bajo la luz opaca. Ahí también había bidones de combustible, demasiados. Nunca me gustó que estuvieran ahí abajo. Por todos lados había largas formas envueltas en tela impermeable, mi propio rifle entre ellas. Prefería una pistola, aunque dudaba si alguna vez tendría la necesidad de volver a usar una, pero alguien a lo mejor sí, por lo que había oído hablar a Clyde y Briscoe en voz baja con un hombre de acento irlandés el día anterior, y creía que podría adivinar quién era. Había evitado al hombre. Si me encontraban tendría problemas, eso seguro, aunque todavía no por traición a los británicos.

»Había una cama en la esquina y Clyde se sentó en ella, desnudo hasta la cintura, ya que se había estado lavando con un cubo. No había parado ningún golpe pero sus nudillos estaban en carne viva. "Clyde —dije en voz alta—. Hay una señorita que te quiere ver". Se levantó lentamente y sonrió. "Ah, mira qué sorpresa —dijo irónicamente. Se giró hacia mí—. Vete a ver a esa sabandija de Briscoe —dijo—. Voy a estar ocupado". No respondí, sino que asentí brevemente con la cabeza y me alejé. Tenía una sensación de inquietud en la boca del estómago, y no estaba equivocado, ¿verdad? Pero no sentí la vileza de lo que estaba por pasar. No, no lo vi venir».

El perro abrió los ojos. En la parte trasera de la casa, Caz y Tshering estaban dormitando en las tumbonas, mientras que Bazza estaba en la cocina haciendo lentejas al curry. La tarde era cálida y suave. Una abeja zumbaba por ahí y había un ligero olor a rosas.

*

Wendy, la amiga de Caz, resultó ser una sorpresa. Bazza había estado esperando a alguien como Caz pero, al contrario, era una criatura dulce de pelo corto, oscuro y brillante, con ojos azules oscuros, y que llevaba un vestido de flores que le iba del cuello a las rodillas y se le recogía bajo el pecho, que era de un tamaño modesto. De alguna forma, Wendy recordaba al yogur orgánico. Bazza y Tshering se preguntaban qué era lo que había unido a esa chica con una fumadora de marihuana, malhablada y problemática como Caz. Richard, que era menos discreto, les preguntó de forma directa.

—¿Cómo es que sois amigas? —les dijo, poniéndose lentejas al curry sobre el arroz. Bazza le sirvió un poco de vino de syrah.

—Nos conocemos desde hace tiempo —dijo Wendy—. Gracias a mi trabajo. —Era muy educada.

—Wendy es enfermera —dijo Bazza.

—Ah —dijo Richard con la boca llena de curry y arroz—. ¿Caz te ayuda a aplicar enemas a la gente?

—No, no, imbécil —dijo Caz. Estaba a punto de servirse otra copa de vino cuando dijo—: Estas copas son patéticas. Baz, ¿hay alguna de 250 ml en el armario?

—No, la última se rompió en el lavavajillas —dijo Bazza—. El pobre Tshering se cortó un dedo cuando estaba sacando los cristales del filtro.

—Oh, mierda —dijo Caz—. Bueno, como sea, no ayudo a Wendy a aplicar enemas a la gente. Voy a hospitales y a residencias para mayores y lugares así y les ayudo con las personas que tienen problemas de audición.

El perro, que estaba en una esquina tumbado de lado, rodó sobre su vientre, levantó la cabeza y miró a Caz.

—El hermano pequeño de Caz no puede oír —dijo Bazza—, así que ella aprendió el lenguaje de signos.

—Él se las arregla bastante bien y ahora está estudiando —dijo Caz—. Solo lo uso cuando lo veo y me di cuenta de que era un poco tonto desperdiciarlo.

—Caroline, digo, Caz, es de gran ayuda —dijo Wendy—. Anima a todo el mundo, no solo a los sordos. A todos les gusta verla.

El perro apoyó el hocico sobre las patas delanteras. «Apuesto a que va por ahí drogando a los viejos. En realidad no es una mala idea... Me moriría de aburrimiento si viviera en uno de esos lugares. Estaría encantado si ella viniese y se liase un porro, sobre todo con esa blusa transparente puesta».

—Y a mí a ellos —dijo Caz—. Algunos me caen muy bien.

—¿Y de qué les hablas? —preguntó Richard con el ceño fruncido—. A la gente mayor, me refiero.

—De bastantes cosas —dijo Caz—. El señor Coulter, por ejemplo, es muy gracioso.

—Ah, el señor Coulter —dijo Wendy—. A mí también me hace reír.

—¿Y qué hace? ¿Music-hall de antaño? —preguntó Richard.

—No, no, siempre tiene historias que contar —dijo Wendy—. Trabajó como sepulturero.

—Ah —dijo Richard—. Por cierto, ¿no todas las personas mayores huelen a pis?

—Venga ya, Richard. ¿En serio? —dijo Caz.

Tshering sonrió. Levantó su copa y bebió un sorbo de syrah. Esa noche no se había puesto el hábito. Caz había intentado que por lo menos fuera a Primark y se comprara unos pantalones baratos, pero luego admitió que sí tenía; también se había puesto una vieja camisa de Bazza. Extrañamente, tenía un aspecto bastante normal.

La música se paró.

—¿Qué pongo ahora? —preguntó Bazza. Habían estado escuchando a Grateful Dead.

—¿Tienes algo de Paloma Faith? —preguntó Wendy.

—Hmm. Estoy *seguro* de que puedo encontrar algo de ella —dijo Bazza. Cogió la tableta, que estaba al lado de su plato, y le dio a menú, y se dio cuenta de que, además de Spotify, el icono de Porno para Android estaba perfectamente visible. Lo arrastró a un lado con el pulgar. Unos momentos después, Paloma Faith empezó a sonar por el altavoz *bluetooth* que había encima del aparador.

—Y… ¿sí obtienes algo de estas personas cuando hablas con ellos? —dijo Richard.

—Claro que sí —dijo Caz—. Y Wendy también obtiene algo de ellos cuando les aplica enemas.

Wendy se llevó la mano a la boca y se rió suavemente.

—Caz, no seas asquerosa —dijo Bazza.

—Oh, vamos, Barnabas. ¡Pero si te gusta que diga cosas sucias! —dijo Caz.

El perro levantó el hocico otra vez y la miró. «Eres buena. Wendy es buena. Tshering es bueno. Bazza está bien. Buenas personas. Bueno, Richard es un pesado. Pero buenas personas, buenas personas. ¿Qué es lo que no entendí? Qué dirían si supieran lo que soy, lo que he hecho, lo que he visto…».

Volvió a apoyar el hocico sobre las patas.

—Y, aparte del señor Coulter, ¿quién más te cae bien? —preguntó Wendy.

—La señora Donaldson es simpática —dijo

Caz—. No es muy vivaz, pero siempre es amable y considerada. Yo voy cuando el doctor está ahí y siempre se muestra agradecida. No puede escuchar mucho pero sí que puede leer los labios aunque, claro, su vista se está deteriorando. Y la señora Gee es encantadora.

—La señora Gee es *maravillosa* —dijo Wendy—. Siempre está feliz de que al final su vida haya ido bien. ¿Viste al esposo de su nieta el otro día? Un tío grande y fornido que recién ha salido del ejército. Iba muy elegante con el uniforme. Te digo una cosa, no me importaría tener algo con él.

—Pero mírala, qué pícara —dijo Caz—. Sí, me encanta la señora Gee. Tiene mucha ternura en la mirada. Aunque, claro, supongo que ya no le queda mucho tiempo con nosotros, pero eso no parece molestarle.

—Nosotros no tenemos miedo de lo inevitable —dijo Tshering en voz baja—. Solo tememos lo que no hemos aceptado.

—La señora Gee es cristiana —dijo Wendy—. Supongo que ha tenido una buena vida y no tiene nada que temer.

—¿Te refieres a que no irá al infierno? —preguntó Richard—. ¿Crees que el infierno existe?

—No sé si creo en diablos y demonios que arrojan a los condenados a las llamas —dijo Wendy, y se puso a pensar un instante—. No creo que sea así como funcione. Creo que el infierno está dentro de nosotros mismos.

—La religión no es muy importante, entonces, ¿no? —dijo Richard.

—Sí es importante —dijo rápidamente—. Sigue siendo la gracia de Dios la que nos salva del castigo eterno, no importa la forma que tome.

«Aunque no hizo mucho por mí, ¿verdad?». El perro bostezó.

—De todos modos, los budistas no creen en el infierno, ¿no es así, Tshering? —dijo Richard sonriendo mientras se giraba hacia el monje.

—Este dhal está exquisito —dijo Tshering—. No exactamente. Lo que dice Wendy de que el infierno está dentro de uno mismo... Bueno, tampoco creemos en eso. Pero la mente puede ser la carcelera del alma y puede impedir su transmigración a un reino superior.

—Pero una vez dijiste que es un error creer que el alma transmigra, al menos como un ente —dijo Bazza.

—¿En el sentido de reencarnación? —Tshering asintió y frunció el ceño—. En efecto. No es tan simple.

—¿Pero elementos o fragmentos del alma podrían hacerlo? —preguntó Wendy.

—Sí, creo que es así. La sustancia del espíritu puede viajar a un nuevo reino después de la muerte, aunque es posible que no mantenga su identidad.

—Hmm —dijo Bazza—. Eso va más o menos en la línea de lo que estaba pensando el otro día.

—¿Tú qué? —dijo Richard—. No te irás a poner en plan místico con nosotros, ¿no?

—No exactamente —dijo Bazza. Él también estaba frunciendo el ceño. Cogió la botella de litro y medio de syrah por el cuello y se puso medio de pie para poder llegar a los vasos de todos—. Pero estaba leyendo uno de los ensayos que escribió Caz para la asignatura que enseño...

—Módulo 5.8 —dijo Caz.

—Módulo 5.8. Cosmología y ontología medieval.

—Chica, estás a otro nivel —dijo Wendy sonriendo—. Yo solo vacío orinales.

—No, es bastante simple —dijo Richard girándose hacia ella—. La cosmología de una persona es el entendimiento que uno tiene del universo y de las esferas. La ontología es la naturaleza de la existencia y, por tanto, del conocimiento de lo que podemos saber o no saber. —Miró a Bazza—. ¿Es un buen resumen?

—Sí —contestó este—. Mi ontología es que soy materialista, es decir, que todo es material.

—Exacto —dijo Richard—. Así que no puedes creer en la vida después de la muerte. Él puede —señaló a Tshering con la cabeza—, porque la ontología de un budista no existe únicamente en un reino físico.

—Muy cierto —dijo Tshering—. Para nosotros, la realidad se debe buscar en el espacio interior. Si quisiera podría dar argumentos de que no existe una realidad externa y que tu percepción es existencia, pero no lo haré. —Se giró hacia Wendy—. Como cristiana, crees en la fuerza redentora de la fe y el perdón. Esas son cuestiones de la mente interior, del alma. Vuestra visión del mundo no difiere tanto de la nuestra como creéis.

«No importa. No hay ningún espacio interior, colega. Nada que pueda hacer para controlar mi destino. ¿Perdón? ¿Redención? Ven al infierno».

El perro se puso a lamerse los testículos.

—Adoro a ese perro pero me gustaría que no hiciera *eso* —dijo Caz.

—Bueno, pero todos lo hacen —dijo Wendy—. Recuerda que nací en una granja. —Se giró hacia Richard. Tenía los codos sobre la mesa y los dedos entrelazados delante de la boca—. Me parece que probablemente eres un... ¿Qué fue lo que dijo Bazza? Un materialista, como él —dijo—. Entonces, en filosofía el materialismo dice que todo es de materia, lo que excluiría una vida después de la muerte.

—Sí —dijo Richard.

—Y también cualquier fuerza redentora de la fe o segundas oportunidades.

—Exacto.

Wendy asintió lentamente.

—Entonces, ¿por qué tantos creemos en eso? — preguntó.

—Como ateo y materialista, no tengo dudas al respecto —dijo Richard. Su voz era tajante. Se sentó un poco más derecho—. Las personas tienen dos razones para creer en la vida después de la muerte. Una es solipsista y la otra es crítica.

—¿Por solipsista te refieres a que un hombre percibe la existencia básicamente como un vehículo para sí mismo y no puede concebir su propia inexistencia tanto si se da cuenta como si no, e incluso si lo pone en duda con su mente consciente? —preguntó Bazza.

—Exacto —dijo Richard—. ¿Os acordáis de ese tiburón que Damien Hirst metió en un tanque hace unos años?

—¿Cómo olvidarlo? —dijo Wendy riendo—. A mi padre le pareció muy divertido.

—El título de la obra era «La imposibilidad física de la muerte en la mente de alguien vivo».

—Así es —dijo Bazza—. Aunque nunca entendí bien qué pintaba ahí el tiburón.

—Es por eso que buscamos creer en la vida después de la muerte, en una transmigración del alma, reencarnación, cielo, infierno, llámalo como quieras. Simplemente por nuestros enormes egos —dijo Richard, hablando con aún más seguridad—. Me temo que Tshering no estará de acuerdo.

—En realidad, el budismo enseña que no debes

verte como un ente aislado de la existencia —dijo Tshering y sonrió ligeramente—. Puede que coincidamos más de lo que crees.

—Exacto. Como sea —dijo Richard—. Bien, hay una segunda razón por la que la gente necesita creer en la vida después de la muerte. Quieren creer que el mal será castigado.

—Bueno, ¿y por qué no deberíamos creer en eso? —exigió saber Wendy—. ¿Qué tiene de malo?

—¿Crees en el bien y el mal? Si te soy sincero, no estoy seguro de creer en un concepto de mal puro.

«Ah, ¿no?». El perro dejó de lamerse los testículos, se sentó y miró a Richard. «Estúpido pedazo de mierda. Enano idiota de pantalones arrugados». Se tumbó y emitió un gruñido bajo.

—Oye, perro, ¿a qué ha venido eso?

—¿No le habéis puesto nombre? —preguntó Wendy.

—La verdad es que no —dijo Caz—. Como dice Bazza, seguro que ya tuvo uno, por lo que sería un poco irrespetuoso ponerle otro, ¿no crees? Pero bueno, no te preocupes por sus gruñidos, suele hacerlo. Gruñe y aúlla a veces. Creemos que tiene pesadillas.

Wendy soltó una risita.

—Bueno. Sí, perdona, sí creo en el bien y el mal. De todas formas, ¿qué hace que estés tan seguro de que no existe algún tipo de vida después de la muerte solo porque la gente *quiere* que exista? Es decir, me encantaría creer que la Navidad va a llegar y, por extraño que parezca, llega.

Todos los de la mesa sonrieron ante esto, excepto Richard.

—No es posible que haya una vida después de la muerte si no hay ningún mecanismo para la transmigración del alma —dijo él—, y para un materialista no lo hay.

—Tengo curiosidad sobre eso —dijo Bazza. Mientras los otros habían estado hablando, él había cogido la tableta en la que estaban reproduciendo la música y había abierto el buscador—. Aquí está. —Sostuvo la tableta frente a su cara, habiéndose asegurado primero de que el icono de Porno para Android no estuviera visible—. «De este modo —leyó—, mientras que la forma cambia de lugar y circunstancia, no es posible destruirla por completo, dado que la sustancia espiritual no es menos real que la material. Así que solo las formas externas cambian y son destruidas, ya que no son cosas, sino "de cosas"; no son sustancias, sino accidentes y circunstancias de las sustancias».

—¿Qué? —dijo Richard.

—Deberías saberlo —dijo Bazza—. Tú eres el materialista. Eso dijo Bruno en *De la causa, principio et uno*. Escrito en Londres, en 1584.

—Mierda —dijo Richard.

Wendy levantó las cejas.

—Por favor, perdona su lenguaje —dijo Caz—. Acaba de hacer una conexión ontológica.

—¿Quién era Bruno? —preguntó Wendy.

—Giordano Bruno. Lo quemaron en una hoguera en Roma, en 1600 —dijo Bazza—. Había ofendido a la Iglesia. En realidad había ofendido a varias personas. Podía ser como un grano en el culo, pero dijo dos cosas que volvieron loca a la gente. Primero, dijo que las estrellas no giran alrededor de la nuestra, sino que tienen planetas propios girando a su alrededor, al igual que nuestro Sol.

—¿Ese no fue Copérnico? —preguntó Wendy.

—No. De hecho, él murió justo antes de que Giordano Bruno naciera, y Bruno habría conocido su trabajo; pero Copérnico no había ido tan lejos. Todo lo que dijo fue que la Tierra giraba alrededor del Sol. Tampoco postuló que la naturaleza de otras estrellas era la misma que la de la nuestra. Pero Bruno llegó hasta el final.

—¿Ese fue el único motivo por el que lo quemaron? —preguntó Caz—. Hubo más, ¿no? Como lo que acabas de decir, que todo es material. *Todo*... eso incluye...

—El espíritu humano —dijo Bazza—. Era de materia. Además, él veía la materia de la misma manera en la que nosotros vemos la energía en la actualidad; puede cambiar su forma pero no se destruye.

—Espera un momento —dijo Richard—. ¿Estás diciendo que Giordano Bruno llegó al punto de decir que el espíritu estaba compuesto de la misma materia que los restos de la existencia y que podría, en efecto, sobrevivir a la muerte?

—Sí a lo primero —dijo Bazza—. No estoy seguro de lo segundo. Si yo fuera Bruno, o Tshering, a lo mejor diría que la materia que constituye el espíritu sobreviviría, pero su forma cambiaría y no mantendría su identidad. Pero ¿y si alguna parte de su forma *no* cambiara, o solo cambiara parcialmente? Bruno no llegó tan lejos. Pero alguien podría, ¿por qué no?

—La cabeza me da vueltas —dijo Wendy—. ¿Lo que estás diciendo es que hay una teoría de la existencia –¿la has llamado ontología?– que es materialista, pero que no excluye la existencia, e incluso puede que la transmigración, del espíritu?

—Correcto —dijo Bazza.

—¿Vas a publicar esto? —dijo Richard.

—Lo hablaré con Caz —dijo Bazza—. Podríamos hacer un trabajo conjunto.

—¿Ah sí? —dijo Caz—. Nunca me lo habías mencionado. —Le puso la mano en el brazo y lo miró sonriendo. Él le devolvió la sonrisa. Luego se inclinó y le dio un suave beso en los labios.

—Esto es fantástico —dijo Wendy—. Se lo diré al padre Jacques mañana, después de misa. Pero creo que tendrá algunas preguntas.

—Sospecho que el padre Jacques habría hecho que quemaran a Giordano Bruno en la hoguera —dijo Richard.

—Dudo que el padre Jacques quemara a alguien —dijo Wendy—. Está muy ocupado con el banco de alimentos que dirige con ese simpático señor Ibrahim.

—Oh —dijo Richard. Parecía decepcionado.

—Pero la ¿ontología?, o materialismo, de Bruno; llámalo como quieras —siguió Wendy— dice que el espíritu podría sobrevivir intacto, incluso si ese tal Bruno no dijo eso. Lo que sí no hace es darle significado a esa supervivencia. Por lo que has dicho, el espíritu podría o no sobrevivir como una forma coherente al fallecimiento de su dueño, así como una grieta en una roca podría o no permanecer entera cuando partieran esa roca con un hacha; estamos hablando de puro azar, ¿no? No hay forma de que el espíritu pudiera haberse trasladado a un estado de gracia antes de su destrucción, o —señaló con la cabeza a Tshering— haber obtenido mérito o karma.

—El proceso es insignificante, por supuesto —dijo Richard un poco molesto—. Dios no existe, tampoco el karma ni los espíritus animados.

—No estoy seguro de que Giordano Bruno hubiera estado de acuerdo con eso —dijo Bazza arrugando la frente—. Nunca negó la existencia del bien y el mal, simplemente dijo que ya que Dios, material o no, fue la forma más grande de materia, él o ello al final subsumiría cualquier forma de maldad.

—Así que ¿un espíritu malo al final sería absorbido por el bien? —preguntó Tshering—. Ahora estamos un poco más cerca de *mi* cosmos.

Richard dejó pasar el tema. Se acababa de fijar en los pechos de Wendy que, aunque eran pequeños, eran placenteramente puntiagudos.

—Bueno, ahora tienes un nombre para tu bonito perro —dijo Wendy.

—¿Eh? —dijo Caz.

—Bruno —dijo Wendy.

*

Los invitados ya se habían ido para la medianoche. Tshering ayudó a recoger los restos de la cena y luego se fue a su habitación a anotar algunas cosas para un seminario que daría la semana siguiente en la facultad de arte, y de ahí a la cama. Parecía pensativo, y miró a Bruno unos minutos antes de darle unas palmaditas y acariciarle las orejas. A Caz le pareció escucharle hablándole al perro. Sonó a algo como «recuerda, el camino es duro». Y después se fue.

Para entonces ya era casi la una. El aire se había adensado durante la tarde y había una sensación de bochorno. De pronto hubo un relámpago.

—Será mejor que saquemos al perro antes de que llueva —dijo Caz, inquieta.

—Creo que solo son relámpagos de verano —dijo Bazza. Y luego se oyó un trueno, distante pero claro—. No, quizás no —dijo—. Bien, Bruno. Sal y haz tus cosas rápido, yo esperaré aquí para dejarte entrar.

El perro salió al jardín

—Parece deprimido —dijo Caz.

—Sí —Bazza se sirvió Averna en un vaso pequeño y se sentó en el escalón de la cocina a esperar—. Aunque estaba animado cuando tuvimos ese gran debate.

—¿Cuál? ¿El de Giordano Bruno y la reencarnación y todo eso? Sí, fue interesante. Eso sí, Bruno ha estado un poco raro últimamente. Se ha vuelto más simpático, pero es algo que viene y va. Es como si quisiera estar alegre pero algo no deja de... meterse en sus pensamientos.

—Bueno, supongo que los perros también tienen sus preocupaciones —dijo Bazza. Levantó la vista hacia ella—. ¿Quieres un amaro?

—Nah, ya he tenido suficiente por hoy. Tengo que ponerme con la tesis por la mañana. Te veo en un rato.

Bazza se sentó con su vaso y miró los relámpagos, más frecuentes ahora; el estruendo de los truenos todavía se escuchaba lejano, pero se iba acercando. La luz iluminó los ojos del perro mientras salía del arbusto de rododendro y volvía lentamente a la cocina.

—¿Cómo lo llevas, perro? —preguntó Bazza. Cogió al perro por las orejas y lo miró directamente a los ojos—. Eres un tipo muy raro a veces, ¿sabes?

Hizo una breve pausa.

—Pero te quiero. —Le dio al perro una palmadita en el cuello, se puso de pie, se estiró y bebió el licor que le quedaba en el vaso—. A la cama —dijo señalando la cama de perro plegable que estaba en la esquina. El perro se tomó su tiempo en ir hasta la cama, se acurrucó y puso la cabeza sobre las patas—. Buen perro —dijo Bazza mientras apagaba la luz y cerraba la puerta de la cocina con cuidado.

«No, no lo soy. Si tú supieras...».

El perro apenas durmió. Los relámpagos que iluminaban la cocina se volvieron más frecuentes; los truenos, más cercanos y estruendosos. Empezó a llover.

«Aquella noche fue diferente; fría, pero creo que despejada. Era el tipo de noche en la que ellos se pasarían por aquí, aunque no habíamos tenido muchos problemas, no desde mayo del año anterior. Aflojaron el ritmo después de que se acortaran las noches y el invierno siguiente ya no volvieron, no en los mismos números; a lo mejor estaban ocupados en el este. Después llegaron los primeros estadounidenses, aviadores sobre todo. Eran buena gente. Menos Clyde. Supe que Clyde era un mal tipo desde el momento en que lo vi. Los dos nos estábamos escondiendo y los dos sabíamos que estábamos a un paso de la cárcel o algo peor. Aunque había una diferencia entre nosotros: yo quería vivir, ganar algo de dinero si podía, regresar cuando la guerra acabara y sacar a mi hermana de ese lugar, pero Clyde no quería nada. Clyde odiaba a todo el mundo. Clyde ya sabía entonces que estaba condenado. Clyde se lo estaba pasando bien durante su última salida del infierno. Pero no se me pasó por la mente que llegaría a hacer lo que hizo esa noche.

»Lo último que vi cuando salí del almacén fue a ella quitándose la chaqueta, echando la cabeza hacia atrás y pasándose las manos por los pechos, y a Clyde de pie, un hombre enorme, monstruoso y reluciente. Entonces la golpeé en la mejilla con la palma de la mano, fuerte. Un chasquido como el de las reglas de los profesores. Me pregunto si ellos se sentirían de la misma forma que él cuando te golpeaban así. Clyde retrocedió y la mujer empezó a desabrocharse la blusa. No quería saber nada de aquello, por lo que salí del almacén cerrando la puerta detrás de mí y vi a Briscoe metiendo su recaudación en el bolsillo de su chaqueta. "Apaga las malditas luces —dije—. Sería genial si algún puto guardia pasara por aquí, ¿no crees? Solo piensa en lo que encontraría", Cara de Rata me frunció el ceño y le empezó a dar a los interruptores de luz. Y luego sonaron las sirenas. "Creía que eso ya se había acabado", dijo. "A lo mejor solo es un avión que se ha desviado y está deambulando sobre Croydon", contesté.

Pero no lo era.

»Ahora bien, normalmente había algún tipo de advertencia. Algún mocoso debe de haberse quedado dormido en el trabajo. No mucho después pude oír los cañones antiaéreos, y sonó un crujido. El suelo tembló un poco. "Eso ha estado cerca", dijo Cara de Rata. Se había puesto pálido. Cara de Rata siempre palidecía cuando sonaban las sirenas o cuando había un poli rondando por arriba. "Calla. Tenemos trabajo que hacer", le dije.

»Juntos empezamos a levantar las cajas de ginebra y bourbon que Clyde nos ayudó a sacar de una cantina yanqui, conocida como *PX*, de algún lugar de Suffolk. No nos dijo mucho sobre cómo lo había hecho. "Yo lo *organicé* —dijo, poniendo acento inglés—. Un yanqui 'arregla' cosas. Nosotros las 'organizamos'". Tenía una idea de cómo lo había hecho. Chantaje. Un cabo estadounidense que trabajaba en un almacén militar, comprometido por tener demasiados amigos extraños en el East End. Un oficial cuyos gustos especializados en mujeres, o en chicos, había llamado la atención de Clyde. Una inglesa que trabajaba en una cantina y a la que le gustaban los lujos estadounidenses, lo que hizo que aceptara demasiadas medias de nailon y Lucky Strikes a modo de soborno, y ahora estaba hasta el cuello. Un guardia que era del mismo pueblo de Mississippi que Clyde, por lo que este le habría amenazado con hacer que le dieran una paliza a su padre, o sobornado con conseguir que su hermano pequeño se librara de hacer el servicio militar. "Clyde está disfrutando de esta guerra, y ahora mismo la está disfrutando más de lo habitual", pensé mientras oía una bofetada y un grito que provenían del almacén de atrás. "No me gusta cómo suena eso —dijo Briscoe—. Es una puta bestia". "Bueno, yo no malgastaría mis lágrimas —dije—. No por alguien como ella. Venga, manos a la obra".

»Subimos las escaleras del sótano llevando dos cajas cada uno, pasamos las dobles cortinas oscuras y salimos al aire frío de finales de invierno. No había luces en el suelo, solo un tenue brillo aquí y allá que procedía de la débil luz de la luna; pero los delgados rayos de luz de los reflectores iluminaban la capa de nubes y los fogonazos provenientes de los cañones antiaéreos eran constantes. Hacia el este había una luz opaca de color rojo. "Álamos —dijo Cara de Rata—. Álamos o los muelles".

»Me detuve para que mis ojos se ajustaran a la oscuridad y solo podía ver la silueta de la pequeña

95

camioneta Standard con la capota de lona en la parte trasera y la rueda de repuesto en el techo. Ya solo la conducía de noche, si no, a alguien le intrigaría la pintura. En varias ocasiones la camioneta había pasado de ser de la marina a ser de la Real Fuerza Aérea Británica y del ejército, y viceversa; una vez incluso hicimos que fuera yanqui, con una bonita estrella grande y plateada en el lateral. Ese día había estado algo ocupado, así que no había cambiado las matrículas, pero intentaba hacerlo la mayoría de los días. Metimos las cajas de bourbon, cigarrillos y tónicos.

—Les prometimos algo de carne —dijo Briscoe.

—Cerca de Colchester les daremos medio cerdo, como acordamos.

—Creo que se está poniendo malo.

—¿Ves que se estén quejando?

—Nop.

—Tráelo. Yo voy a por el resto del alcohol. Quiero dejar este lote ahí antes de que pase la alarma, mientras todo el mundo está ocupado. No queremos llamar la atención.

»Metimos el cerdo y sí que olía un poco mal, lo reconozco. Sentí un poco de sangre a través del papel vegetal y me entraron náuseas. En la penumbra, volvimos a tientas a la entrada para traer lo que quedaba de bourbon. En el sótano podíamos oír perfectamente los ruidos que provenían del almacén del fondo; los gemidos, subiendo *in crescendo*, y las palabrotas y las obscenidades que Clyde gritaba con un gruñido amenazador, y la voz de la mujer, profunda, ronca y con tono pijo. Estaba levantando la última caja de bourbon cuando me di cuenta de que ahora la voz de Clyde se oía más fuerte. "¡Perra! ¡Eres una perra asquerosa!", gritaba, y luego los gemidos y blasfemias de la mujer se convirtieron en chillidos y se volvieron tan agudos que se oían por encima de los cañones antiaéreos y de las lejanas explosiones de las bombas. "Por el amor de Dios", dijo Cara de Rata, inmóvil y más blanco que nunca. Abrí la puerta del almacén de una patada, que no estaba cerrada, y vi a Clyde levantándose de encima del cuerpo de la mujer; su torso desnudo brillaba por el sudor y tenía los pantalones alrededor de los muslos. Debajo de él estaba la mujer abierta de piernas, con la falda y los calzones alrededor de los tobillos y la blusa rasgada. Su cabeza colgaba a un lado de la cama y parecía doblada. Tenía los ojos abiertos; se retorció un poco. Su garganta estaba de un color rojizo y morado. Hubo silencio por un momento, a excepción del ruido de los ataques que provenían de fuera; después, Cara de Rata vomitó.

—Ella quería esto —dijo Clyde, mirando a la mujer—. Era lo que quería. Era una perra asquerosa.

—Maldito idiota —dijo Briscoe, recuperándose

un poco—. Maldito idiota. ¿Es que no sabes quién era?

Clyde y yo lo ignoramos.

—Eres el diablo —dije. Podía sentir que mi voz temblaba—. Eres Satanás. ¡Eres Satanás!

Se separó de entre las piernas de la mujer y se subió los pantalones, pasando la lengüeta del cinturón por la hebilla. Luego alargó la mano para coger la chaqueta del uniforme.

—¿Y tú quién eres? —preguntó—. ¿El ángel Gabriel? —Se puso un puro delgado en la boca.

—Soy mejor que... —Señalé al cuerpo de la mujer con la cabeza y volví a mirarlo—. Soy mejor que *esto*.

—Nadie es mejor que esto —dijo Clyde—. Lo aprendí de joven, ¿vale?

—Vendrán a buscarla —dijo Briscoe—. La gente la ha visto. Aquí. Saldrá en todos los periódicos. También...

—Cállate —dijo Clyde. Se puso de pie y fue hacia la puerta—. Vamos a mover el cuerpo. ¿Dónde está el camión? ¿Está cargado?

No me moví.

—Eres un demonio —dije—. Un demonio.

—Te he hecho una pregunta —dijo Clyde. Sacó su mechero Zippo para encender el puro; la llama salió de debajo de la tapa. Avanzó hacia mí al mismo tiempo. Retrocedí hacia la puerta del almacén, pero Briscoe se apresuró a salir antes que yo. Clyde tenía el brazo levantado y vi que estaba a punto de pegarme. Salté por la puerta detrás de Briscoe. Clyde se detuvo para encender el puro, luego se puso en movimiento, pero su pie se debió de haber enganchado con algo del suelo y tuvo una mala caída. Se levantó. Para entonces yo ya estaba a bastante distancia de la puerta del almacén, y Briscoe, aún más. De pronto escuché una explosión, más cercana que las demás, y después otra todavía más cerca, y supuse que debía ser dinamita. El suelo se sacudía y temblaba. Me tambaleé hacia atrás. Se oyó un crujido y el suelo de encima del almacén se derrumbó y una viga cayó sobre el cuello de Clyde y sus ojos se abrieron con sorpresa, brevemente, y se fue a donde pertenecía. Su Zippo se deslizó de lado por el suelo, con la mecha todavía encendida.

»Tropecé con Briscoe, que había sido arrojado al suelo. Todo estaba cubierto de polvo, y muchas más vigas habían caído sobre el sótano y sobre el almacén de fuera. La pared de mi derecha estaba abultada hacia fuera; polvo y cemento seco salían a borbotones de entre los ladrillos, y supuse que la planta de arriba estaba a punto de desplomarse sobre nosotros. Había un hedor a gas y caí en la cuenta de que la explosión debía haber roto alguna tubería en algún lugar del sótano. "Tenemos que salir de aquí —dije—. Briscoe, tenemos que irnos". Él estaba bastante aturdido. Se había puesto de pie, pero iba tambaleándose.

»Mientras me levantaba, vi que la mayoría de los bidones de combustible estaban por los suelos. Alguno debía de haber estado mal tapado porque apestaba a gasolina, y vi que un espeso charco estaba fluyendo hacia el cuerpo de Clyde. No muy lejos de él estaba el mechero, todavía encendido. "¡Ahora!" grité, y cogí a Briscoe por el brazo. Él reaccionó y me siguió por las escaleras y salimos al aire fresco. Cerré la puerta de una patada detrás de mí. En ese mismo instante, el lugar voló por los aires con un ruido sordo, terriblemente fuerte; las llamas eran avivadas por una mezcla de gasolina, bourbon y gas.

»La puerta que acababa de cerrar estalló, y podía ver las llamas ascendiendo por las escaleras. Briscoe emitió un sonido que era entre un gimoteo y un grito. "¡Entra en la puta camioneta! ¡Rápido!". Podía ver que la pintura del portón comenzaba a descascararse por el calor. Puse el coche en marcha pero el motor arrancó con demasiada lentitud. Dios santo. Palpé el suelo de delante del asiento del conductor y cogí la manivela de arranque. No había conseguido arrancar la camioneta la noche anterior y la había necesitado entonces, así que la había dejado donde la pudiera encontrar fácilmente en un apuro. Fui a la parte delantera de la camioneta y me acordé muy tarde de que no había comprobado la palanca de cambios; recé por que la hubiera dejado en punto muerto, y vi que sí. Conecté la manivela al motor, le di vueltas con la mano derecha y oí al motor volver a la vida con dificultad.

»Salí a la calle, que estaba prácticamente desierta, menos por un camión de bomberos o una ambulancia que pasaba con la sirena puesta. Aumentamos la velocidad. Pasamos un camión con un globo dirigible encima, que estaba tripulado por la Fuerza Aérea Auxiliar Femenina, y también pasamos una casamata, cuyo cañón estaba apuntando al cielo, con la tripulación estirando el cuello hacia arriba. Por una calle lateral vislumbré llamas y vi a hombres y mujeres con cubos, corriendo, con las cabezas gachas. Un soldado de defensa antiaérea giró delante de mí en una moto. Un grupo de personas se puso de pie al lado de un montón de escombros, todas ellas indiferentes.

—¿A dónde mierda vamos? —dijo Briscoe. Estaba inclinado hacia delante, con la vista fija al frente, mordiéndose las uñas.

—A Essex o a Hertfordshire —dije, cogiendo el volante con fuerza—. O algún lugar así. Tengo que pasar desapercibido por un tiempo. Y también deshacerme de la camioneta.

—¿Y qué pasa con esto? —dijo indicando el cargamento que había detrás.

—Lo esconderé y lo venderé en algún momento.

—¿Y qué pasa con mi parte?

—La tendrás.

—¿Y si no te creo?

—No tienes elección —dije. Apunté con el pulgar el camino por el que habíamos venido—. Algún día conseguirán entrar a ese sótano. No creo que encuentren nada muy humano, pero ¿qué pasa si lo hacen? Y también van a querer saber por qué explotó como si fueran fuegos artificiales.

—Gas —dijo Briscoe.

—No. Encontrarán cosas. Fragmentos. A lo mejor incluso restos. Vas a informar a tu unidad por la mañana. Y yo me voy a largar.

Cara de Rata se calló entonces. Ambos sabíamos que nunca le daría su dinero. Mi padre y mi hermana necesitaban cada penique que pudiera darles, hasta el último miserable centavo.

»Estábamos en algún lugar entre el City y el West End; me estaba dirigiendo hacia el norte. No podíamos haber estado lejos de Islington cuando giré en una esquina y nos encontramos con que el camino estaba bloqueado. A unos cientos de metros más adelante, salían llamas de un edificio de oficinas de estilo victoriano que estaba a nuestra izquierda. Mangueras blancas serpenteaban por la calle y dirigían chorros de agua hacia el fuego. Dos bomberos avanzaban hacia el edificio, apuntándolo con una manguera grande. El fuego brillaba de color naranja en el asfalto mojado. Frené. Un soldado de defensa antiaérea venía corriendo hacia nosotros, con dos figuras siguiéndole, aunque más lentas. Me fijé en un Wolseley 14 negro aparcado a nuestra derecha. Tenía una placa que ponía "POLICÍA" en la parte superior.

—Será mejor que busque otra ruta, señor —dijo el soldado. El reflejo de las llamas bailaba en su casco de hierro y en las hebillas que sujetaban su máscara antigás de tela.

Me asomé por la ventanilla—. Daré la vuelta e intentaré girar por Farringdon Road —le dije—. Gracias.

—Espere un momento, señor. —Uno de los polis vino hacia mí, su compañero venía justo detrás—. No le importará que eche un vistazo rápido a sus documentos de identidad, ¿no?

—Para nada, agente —dije de forma educada. Metí la mano en el bolsillo del pecho—. ¿Hay algún problema?

—Nos han informado que han habido algunos saqueos, así que tenemos que verificar quién está rondando por ahí, señor.

—Muy bien.

Mientras miraba mis documentos, me percaté de que los otros policías estaban observándome por el parabrisas.

—Y el suyo, cabo, si no le importa.

»Briscoe se inclinó sobre mí y le entregó su carnet de identidad. El suyo era verdadero, por supuesto. El mío no, pero pensé que no se darían cuenta en la penumbra. El poli lo enfocó con una linterna.

—Le agradecería que apagara esa luz, señor — dijo el soldado de defensa antiaérea.

—Estoy seguro de que los alemanes verán otra cosa y no la luz de mi linterna —dijo el poli y señaló con la cabeza al edificio en llamas. Hubo un estruendo que provenía de dentro, quizá algún piso derrumbándose. El poli no apartó la vista de mi carnet de identidad.

—Veo que es segundo teniente de Infantería ligera de Oxfordshire y Buckinghamshire —dijo de forma conversadora.

—Así es, agente.

—¿Qué le trae por Londres, señor? —preguntó. Su tono era calmado e informal. El segundo poli había desviado su mirada hacia Cara de Rata, quien se movía con nerviosismo. Pensé rápido.

—Vengo bastante a menudo —dije—. Funciones de enlace.

—Ya veo. —El poli asintió—. Su infantería está en Ulster en estos momentos, o eso creo.

—En efecto —dije, intentando pensar. Por el amor de Dios, ¿por qué no sabía eso?

—Si usted está realizando funciones de enlace, imagino que habrá estado en la Oficina de Guerra.

—He estado ahí, sí.

—Entonces ¿por qué está en una camioneta con

un suboficial de Woolwich Arsenal?

Podía sentir el miedo de Cara de Rata.

—Hemos estado examinando una nueva carabina estadounidense —dije—. Me temo que no se me permite dar más información.

—No. No, claro —dijo el poli. Nos devolvió los carnets—. Es un poco raro que un oficial esté conduciendo, señor. ¿Es que el cabo Briscoe no está en condiciones de hacerlo?

—El cabo Briscoe no sabe conducir, agente.

—¿Pero usted está apostado en Ulster normalmente?

—Correcto.

—Me pregunto si me podría dejar ver su autorización de viaje.

—Oh. —Miré alrededor de la cabina—. Me parece que la dejé olvidada junto con mi máscara antigás.

—Ya veo —dijo el poli.

»El segundo policía estaba de pie y con los brazos cruzados, a más o menos medio metro del guardabarros del Standard. Habló de repente.

—¿Qué hay en la parte de atrás?

—Piezas de maquinaria en su mayoría —mentí.

—No le importará que eche un vistazo, ¿no? —dijo el primer poli.

—Siento decirles que algunas piezas están sujetas a restricciones de seguridad —dije.

—Puede confiar en nosotros, señor —dijo el

segundo agente, con una voz más mordaz que la del primero—. No creo que pudiéramos distinguir un extremo de una carabina del otro. —Y fue hacia la parte de atrás de la camioneta.

"Es posible —pensé—. Pero tendrás menos dificultad para reconocer cajas de bourbon robado. De hecho, caballeros, ha llegado la hora de decir adiós".

»Pisé y solté el embrague y luego metí primera, aceleré y volví a pisar el embrague. Salimos disparados hacia el nido de serpientes que formaban las mangueras contra incendios blancas. Giré el volante tanto y tan fuerte como pude; los neumáticos chirriaron y el pequeño Standard utilitario casi vuelca a un lado.

—¡Maldito loco! —gritó Briscoe.

Forcé el motor tanto como fue posible y regresé al sur, en dirección al río. El sonido de las sirenas nos llegó por detrás, mientras los polis recuperaban el equilibrio y nos perseguían con el Wolseley.

—Estás loco —repitió Briscoe—. Nos van a pescar, ¿entiendes? Preferiría estar en la cárcel a estar muerto, joder. Frena la maldita camioneta.

—No —dije. Me sorprendía lo calmado que estaba. Lo miré—. Si nos atrapan, estarás en la cárcel unos meses. —Miré por el retrovisor. El Wolseley nos estaba alcanzando—. No te gustará, pero te liberarán un día. Pero recuerda, yo soy un desertor. Si voy a la cárcel, me romperán todos los huesos. Y luego me darán un billete de ida a Birmania. Lo siento, Cara de Rata. —Nunca antes le había llamado así—. No tengo nada que perder.

—¡Yo tengo mujer y dos niñas pequeñas! —gritó Briscoe—. Me importa un comino si no tienes nada que perder. ¡Déjame salir de esta maldita camioneta!

»Volví a mirar por el retrovisor. Había girado en una esquina y el Wolseley ya no nos podía ver, aunque estaba a solo unos cientos de metros por detrás, así que giré violentamente la pequeña camioneta hacia la derecha y entramos a una calle secundaria no muy lejos de Hatton Garden. Briscoe salió lanzado hacia la puerta del copiloto, pero el seguro aguantó, y rebotó hacia el otro lado.

»Un poco más adelante, la calzada estaba cubierta de cristales rotos. El escaparate de una tienda había estallado y había prendas de ropa y otras cosas esparcidas por la calle. A poca distancia de la acera, un maniquí estaba tirado en el suelo, con la ropa hecha jirones y los brazos extendidos; las piernas no estaban a la vista. Aún había polvo en el aire y me parecía que, lo que quiera que hubiera pasado, había ocurrido unos pocos segundos antes.

»Una mujer joven iba tambaleándose del escaparate hacia la calle. Se desequilibró un poco. No miraba en nuestra dirección. Toqué el claxon, pero no se giró, así que lo volví a tocar una y otra vez. Seguía sin mirarnos. Caí en la cuenta de que la explosión debía de haberla dejado sorda y no podía escuchar a la camioneta acercarse. Di un volantazo hacia su derecha, pero en el último momento se movió de nuevo, metiéndose en mi camino. Intenté girar más a la derecha y perdí el control. En ese momento se dio la vuelta y nos vio, y los ojos se le abrieron como platos, solo el tiempo suficiente para mostrar pánico; luego, la camioneta la arrolló y la arrojó contra la pared de una joyería, aplastándola.

»Lo último que recuerdo de ella es su cabeza colgando hacia un lado, todavía con los ojos abiertos, y después cayó sobre el capó. Briscoe salió disparado hacia delante y quedó con medio cuerpo a cada lado del parabrisas; casi partido por la mitad mientras la camioneta se aplastaba. Yo no choqué contra el parabrisas; el rígido acero de la columna de dirección me había atravesado el pecho y se había clavado en mi corazón.

»Hay un momento de calma, roto solo por el sonido de la sirena de la policía detrás de nosotros; y entonces me hundo. Me hundo más y más, junto con las dos personas que acabo de matar. Me hundo también con la mujer de azul, que era despreciable, pero cuya muerte no tuve el derecho de provocar. Me hundo con Clyde, que no conocía otra cosa más que el odio. Me hundo con papá, siempre resollando y jadeando, destinado a una muerte solitaria en la parroquia. Me hundo con mi hermana, a quien pensé que podría ayudar con mis estúpidas estafas, y que ahora pasará el resto de su vida atrapada en un infierno, en una habitación húmeda donde nadie la puede escuchar cuando intenta hablar, sin aire, sin sol, meando la cama, castigada por no comerse las verduras, abofeteada por tocarse, en prisión para siempre. Yo no quería conocer gente buena. Todo lo que han hecho es mostrarme lo malo que soy. Malo, un condenado, horrible, un demonio, y todo lo que un demonio puede hacer es aullar, aullar y escupir, aullar...».

La puerta de la cocina se abrió de golpe y Bazza estaba ahí, cogiendo las orejas del perro con las manos, y el perro seguía aullando; y ahora Caz estaba ahí también y se escuchaban pasos por las escaleras mientras Tshering bajaba, vestido solo con vaqueros.

—¿Qué demonios le ha pasado? —preguntó Bazza—. ¿Qué te pasa, Bruno? ¿Te duele algo?

—Creo que ha tenido una pesadilla bastante fea —dijo Caz.

El perro profirió un último aullido, en un tono más bajo, y se acercó a Caz con la lengua fuera y moviendo el trasero. Gimió. Caz lo abrazó.

—Bazza, abre la puerta y que salga a que le dé el aire —dijo.

Todavía no eran las seis, pero ya había sido un

día bastante largo. El jardín rebosaba de una delicada luz color melón y el aire era puro y fresco. Un par de nubes resplandecían de color rosa por la luz del amanecer. El perro se tumbó en el césped, con las patas delanteras estiradas y la cabeza ligeramente a la derecha de estas. Levantó la vista hacia ellos, luego la apartó.

—Es casi como si estuviera en shock —dijo Caz.

—Sí —dijo Bazza—. Tiene que haber sido una pesadilla *muy* horrible.

Preparó un poco de café y el aroma se propagó desde la cocina. Caz se sentó con el perro. Lo acariciaba de vez en cuando y él movía un poco la cola, pero permanecía lánguido.

—Más tarde te llevaremos a pasear por sitios bonitos —dijo Caz—. Por el parque, por el lago... ¿Qué te parece?

—Hoy Destiny viene a la ciudad para llevar a Clarissa al logopeda otra vez —dijo Bazza—. Le prometí que quedaría con ellas en el *Jolly Boatman* a las cinco. No tienes que venir si no quieres, pero a Clarissa le gustaría. Supongo que nos sentaremos fuera, junto al río.

—No creo que tu hermana quiera verme *a mí* —dijo Caz.

—Bueno, siempre podemos ir juntos y después puedes llevar a Bruno al lago.

—Vale. —Le dio unas palmaditas al perro—. Eso suena bien, ¿no crees? Te hará sentir mejor. —

Miró a Tshering—. También vienes, ¿no?

—Sí. —Tshering se paró en la puerta y miró al perro frunciendo el ceño, sumido en sus pensamientos.

*

Salieron de la casa a las cuatro, pensando en ir a dar un paseo por el lago. Tshering volvía a llevar su hábito, como si más tarde fuera a dar un seminario en la capellanía de la universidad. De vez en cuando la gente lo miraba y, a veces, sonreían. Era una tarde bonita. El presagio del alba se había cumplido con un día en el que había un cielo azul profundo, poca humedad y un calor suave en la piel. Una ligera brisa limpiaba y agitaba el aire. Mientras caminaban por el parque de alrededor del lago, Caz se puso a bailar y a reír, después se agachó y, suavemente, cogió al perro por las orejas y le dio un beso en la cabeza.

—Tontaina —dijo—. Anímate.

—Todavía parece decaído —dijo Baz.

—Creo que tiene muchas cosas en la cabeza —dijo Tshering.

—¿Como qué? ¿Si esa labradora irá a venir hoy? —dijo Bazza y se rió.

Tshering, que había escuchado esa historia, frunció el ceño.

—No —dijo.

Luego su expresión se relajó.

—Es un bonito día para estar vivo —dijo.

El brillo del sol se reflejaba en la superficie del lago; todavía estaba en alto, pero iba descendiendo. Había una colina delante de ellos, puede que a unos cuatrocientos metros de distancia. Ahí había tres personas, difíciles de distinguir a contraluz. Una de ellas iba en silla de ruedas.

—Me parece que es Wendy —dijo Caz—, y creo que esa es la señora Gee.

—Entonces el que está empujando la silla de ruedas debe de ser su fornido exsoldado —dijo Baz.

—Debería ir a echarle un vistazo al tipo —dijo Caz.

—Ni lo sueñes —dijo Bazza.

—La práctica del dharma nos libra de los celos —dijo Tshering.

—Venga ya, no te lo tomes tan en serio —dijo Bazza, pero luego miró a Tshering y vio que estaba sonriendo.

—Iré a saludar a Wendy y a la señora Gee de todas formas. —Caz se dio la vuelta hacia la colina—. Podéis sentaros aquí en el embarcadero y disfrutar del agua.

Hicieron eso. El perro se sentó a su lado. Caz se acercó al grupo y escuchó a la señora Gee saludarle. Era muy pequeña y bastante mayor, pero sus ojos eran brillantes y joviales.

—Creo que es Caroline —dijo—. Cómo me alegro de verte, cielo. —Su voz era fácil de entender, pero entonaba de una forma un tanto extraña. Caroline sonrió y la saludó usando signos. La señora Gee se giró hacia su nieto, quien estaba empujando la silla de ruedas— Ben, esta es la chica tan simpática que viene a vernos y a hablar con nosotros. Caroline, este es mi nieto político. Supongo que se le podría llamar así.

—Encantado —dijo Ben, sonriéndole. Era cierto, el chico era un soldado por todos lados: alto y de hombros anchos.

—¿Sabes lo que Ben y Julie me dijeron esta mañana? ¡Que voy a ser bisabuela! —dijo la señora Gee, en parte hablando y en parte usando signos, como hacía a menudo con Caz—. ¿No es emocionante?

—Es genial, señora Gee. —Caz estaba sonriendo de oreja a oreja. Miró a Ben—. Muchas felicidades. ¿Sabes si es niño o niña?

—No —dijo Ben y sonrió—. Hicimos la ecografía pero les pedimos que no nos lo dijeran, eso no es importante. Mi madre también está muy contenta.

—¿Sabes? La madre de Ben va a venir desde Barbados para echarles una mano cuando nazca el bebé —dijo la señora Gee—. ¿No crees que es maravilloso?

—Sí. No habrá una, sino dos abuelas montando alboroto. Estoy eufórico —dijo Ben.

Pero la señora Gee no lo estaba mirando. Le cambió la expresión y miró al lago; una suave brisa rompió la superficie del agua y fragmentó la luz del sol en pequeños alfileres sobre esta.

—Ha sido una buena vida —dijo en voz baja—. Fue horrible cuando era joven. Y ahora soy bisabuela.

—¿Qué pasa, abu? —preguntó Ben. Le puso el freno a la silla de ruedas y la rodeó para que pudiera ver el movimiento de sus labios—. ¿Qué es lo que dices?

—Ha sido una buena vida —repitió la señora Gee—. Al final. Un poco dura cuando era pequeña. —Levantó la vista hacia Caz—. En aquel tiempo pensaban que eras estúpido si no podías oír, ¿sabes? No sabían qué era lo que estaba mal, simplemente pensaron que estaba loca, chiflada. Pero yo no era nada de eso, por supuesto. No tengo un pelo de tonta. Pero ni yo lo sabía. No en ese entonces.

Miró un poco a la derecha del agua.

—¿Qué diablos es él? —dijo—. Parece exótico.

—Es un monje —dijo Caz—. Es un amigo nuestro que ha venido a dar unas clases en la universidad. Se llama Tshering Thinley y viene del Himalaya. El tipo de la coleta es mi novio, Bazza. Y el perro es Bruno.

El perro iba un poco por delante de Bazza y de Tshering. Se detuvo, se sentó y luego levantó sus patas traseras, examinándolas. La lengua le colgaba sobre los dientes y sus orejas se levantaron. Gimió ligeramente.

—Pero ¿qué le pasa a nuestro perro? —dijo Caz, frunciendo el ceño— Ha estado muy raro últimamente.

—Un perro hermoso —dijo Wendy—. Me parece que es un perro de granja.

—¡Oye, Bruno! Ven aquí a saludar a la señora Gee —gritó Caroline.

El perro estaba a unos cuarenta y cinco metros de distancia. Avanzó hacia ellos, luego se volvió a parar, gimió y siguió hacia adelante. Fue directo a la señora Gee. Gimió y aulló varias veces. Las orejas se le habían vuelto a doblar hacia atrás, contra el cráneo, y la cola se le movía de forma enérgica. Se acercó a la señora Gee y apoyó el mentón en su regazo.

—¿No es un amor? —dijo la señora Gee—. Y también muy amigable. —Acarició la cabeza del perro con su mano anciana. Él la miró, todavía moviendo la cola. Luego se levantó sobre sus patas traseras y apoyó las delanteras en el asiento de la silla de ruedas, a ambos lados de la señora Gee.

—¡Bruno! —dijo Bazza mientras avanzaba hacia ellos, un poco falto de aire—. Ten cuidado con la señora.

—Esto es raro —dijo Caz—. Últimamente ha estado muy mustio y no ha tenido nada de tiempo para los humanos.

La señora Gee se inclinó hacia delante.

—Eres un encanto —le dijo lentamente al perro—. Eres un encanto. —Le rodeó con los brazos y lo acercó hacia ella—. Eres un perro muy, muy encantador, ¿lo sabías? Y tienes un pelaje precioso.

El perro le lamió la oreja.

—Bruno, ¡bájate de ahí! —dijo Bazza, consternado por la fragilidad de la mujer.

Tshering alargó la mano hacia él—. Espera —dijo.

—Qué bonito eres —dijo la señora Gee.

Estuvieron así un momento, sus delgados brazos rodeando las patas traseras del perro.

—Creo que será mejor que nos vayamos, abu —dijo Ben después de un rato—. La merienda es dentro de poco.

—Venga, Bruno. Abajo —dijo Bazza.

Se agachó y pasó las manos por debajo de las patas delanteras del perro y lo puso en el suelo con cuidado.

—Nunca lo había visto así con nadie. Jamás —dijo Caz—. Ni siquiera con la hija de tu hermana, y eso que le cayó muy bien.

El perro gimió suavemente.

—Merienda —dijo Wendy con firmeza. El

116

pequeño grupo se despidió y se fueron en dirección al lago. El perro no se movió, sino que se quedó sentado, viéndoles mientras se iban, con las orejas levantadas, gimiendo bajito de vez en cuando.

—Vamos, Bruno, pequeño idiota, o llegaremos tarde —dijo Bazza. Al ver que el perro no se movía, se puso en cuclillas a su lado y empezó a desenvolver la correa. Tshering volvió a extender el brazo.

—No —dijo.

—¿Qué? —dijo Bazza.

—No sé —respondió Tshering.

Cuando el grupo estuvo fuera de la vista, el perro se levantó y se dio la vuelta. Caminaba al lado de ellos, aunque un poco por delante; moviendo la cola ligeramente.

—¿Qué ha sido eso? —preguntó Bazza—. A ver, la señora era agradable, pero nunca había visto al perro así. Espero que no le haya molestado cuando se le subió encima.

—Estoy segura de que no —dijo Caz—. Ahora que me acuerdo, me dijo que cuando era pequeña habían tenido un perro en casa, una especie de rough collie, suena más o menos como Bruno. Prince, creo que se llamaba. Tenía problemas en las articulaciones y su padre lo tuvo que sacrificar. Me dijo que se puso bastante triste.

El perro se detuvo y la miró.

—Y tú estás más alegre, ¿no, estúpido viejales?

El *Jolly Boatman* estaba en la cima de la colina, por encima de donde el río fluía pasado el lago, separado de este por un camino y una esclusa. Se sentaron en el jardín y Bazza fue a por las bebidas. El perro se sentó al lado del grupo. Cada cuando iba de uno a otro y apoyaba el mentón en sus regazos, moviendo la cola ligeramente. En una ocasión saltó, puso las patas delanteras en el banco y empezó a lamer la oreja de Bazza.

—¡Oye! —dijo Bazza y se rió—. Bien, no más pesadillas, ¿entiendes? Viejo chucho... Y, si quieres, puedes dormir en mi cama alguna vez. Siempre y cuando no te huela el aliento.

—Te dejará pelos por todo el edredón —dijo Caz.

El *Boatman* tenía un aparcamiento, pero estaba cruzando la calle, que estaba concurrida en hora punta, pero todavía no había comenzado, y, aunque había un flujo constante de coches, estaban a cierta distancia unos de otros.

Al cuarto de hora de estar ahí, vieron aparecer el pequeño Audi gris de Destiny, con ella al volante. Giró hacia el aparcamiento y ella y Clarissa bajaron del coche. Destiny dio una vuelta alrededor del coche para asegurarse de que todas las puertas estuvieran cerradas, a pesar de que tenía un cierre centralizado.

Clarissa fue hacia la calzada. Llevaba el mismo sencillo vestido que había usado unos días atrás. Vio a Bruno, se detuvo y sonrió, luego se giró hacia su madre, le dijo algo y ella le respondió; ellos no las podían escuchar porque en ese momento un coche estaba pasando. Después miró de izquierda a derecha y empezó a cruzar la calle, con su madre a cierta distancia de ella.

El sonido de un motor se escuchaba no muy lejos de ahí. La moto apareció al final de una calle secundaria y frenó; el motociclista miró a la derecha par ver si había tráfico en sentido contrario.

Clarissa estaba ya en la mitad de la calzada. Miró hacia atrás para ver si su madre la estaba siguiendo. Su madre dijo algo pero se dio cuenta de que la niña estaba demasiado lejos como para que le pudiera leer los labios, así que le habló con signos. Mientras Clarissa se giraba hacia ella, el motociclista, mirando a la derecha pero no a la izquierda, arrancó y aceleró rápidamente. Luego vio a la niña en medio de la calle, a unos noventa metros de distancia, y que no lo estaba mirando a él sino hacia el aparcamiento, a su madre; pero ella podría oír el motor, por supuesto. Cuando se dio cuenta de que no lo escuchaba, frenó, pero ya era demasiado tarde. La niña seguía de pie ahí, hasta que de pronto un perro salió del jardín del pub, se lanzó a través de la calle y saltó hacia ella, empujándola con sus patas delanteras. La niña se sacudió bruscamente, aturdida, y se tambaleó hacia atrás.

La rueda delantera de la moto golpeó al perro en el lomo. Se escuchó un grito. La moto giró violentamente a un lado y el motociclista salió disparado al otro lado de la calle. Por el rabillo del ojo podía ver a un hombre de mediana edad con coleta corriendo hacia la calzada. Con él estaba lo que parecía ser un monje budista. Hubo silencio por unos significativos segundos y entonces se oyó un aullido espantoso.

—¡Clarissa! ¡Clarissa! —gritó la madre.

La niña se sentó, tenía los ojos muy abiertos. Miró a Bruno y gritó.

—¿Estás bien? —La madre cogió a la niña por los hombros y la miró—. ¿Estás bien?

Clarissa asintió lentamente. Volvió a mirar hacia el perro. Bazza y Tshering estaban en cuclillas junto a él, el primero con la mano en la cabeza del perro y el segundo sosteniendo a Bazza por los hombros.

—¡Joder! ¡Estoy herido! —gritó el motorista. La moto había caído a la derecha y le había arrastrado la pierna hacia atrás, y su rodilla era pura agonía. Todavía tumbado sobre su costado, levantó la visera para ver al hombre de la coleta y al monje asistiendo al perro—. ¡Por el amor de Dios, que alguien llame a una ambulancia!

—Vete a la mierda —dijo Bazza. Ahora Caz estaba en cuclillas a su lado—. Pobre Bruno, pobre Bruno —repetía una y otra vez. Destiny fue la primera en poner en orden sus pensamientos. Abrió su viejo teléfono de tapa y marcó el número de emergencias. Clarissa estaba de pie ahora, balanceándose. El perro seguía aullando, pero de forma menos audible. Caz se había puesto muy pálida y Bazza estaba llorando.

—Hay que traer a un veterinario —dijo ella—. Llama a un veterinario.

—No —dijo Tshering—. Mírale el lomo. Se lo ha partido. Deja que se vaya.

El perro aulló por última vez y gimoteó. Miró a Tshering.

—El camino es duro —dijo Tshering—. A veces es demasiado duro. Pero ya ha acabado.

El perro pareció entenderle. Miró a Tshering por un par de segundos más y luego sus ojos se cerraron.

Ahora los coches comenzaban a detenerse. Las luces de freno formaban una larga fila mientras se detenían en el lateral y los conductores se bajaban. Alguien hizo una foto a la escena con un teléfono móvil. Otra persona había cubierto con su chaqueta al motociclista, quien estaba respirando pesadamente. Clarissa estaba de pie en la acera, con las manos juntas, temblando, pero sin llorar todavía. Bazza y Caz se pusieron de pie lentamente, cogidos de la mano. En medio de la calle, el monje se arrodilló al lado del cuerpo del perro, rezando una oración.